合境平安

楊富閔

推薦序——

合境・平安

東海大學哲學系助理教授／潘怡帆

這幾年我的寫作開始朝向一種「自己」的建立，長久以來文學史料的爬梳，讓我意識到寫作不能不該，也不會只有「一種」。[……]《合境平安》處理的是我熟悉且寶愛的題目，一面賡續、裂變民俗敘事的模式，同時深化虛與實的技術。創作者一定要有自己的創作論。（《合境平安》，二五八）

《合境平安》結束在敘事者明白揭示的本作宗旨：通過賡續、裂變民俗敘事，深化虛與實的技術朝向「自己」的建立。然而，不強調坦誠相對卻充斥斷裂、歪變與虛實混淆將造就什麼樣的「自己」，或者，這是關於「自己」的觀念重新定義？朝向自己的寫作究竟該是白描，或總已自我重建而有別於原版？楊富閔的剖白甚至不寫在心照不宣說真話的後記裡，卻夾纏在深化虛實技術，強調文學多變，讀法多重的篇章之中。於是，作品最終揭曉的謎底蛻變為謎題，表面形構深淵，扣問著何謂創作者在創作論中生下的「自己」？那是《花甲男孩》、《我的媽媽欠栽培》、《故事書》等書的主題賦格，或由時間變奏孕育「物種起源」的差異系譜學？

馬塞爾．普魯斯特在《追憶似水年華》中創造了男主角馬塞爾；《合境平安》裡，一個名叫楊富閔的小孩在作品合境奔跑。他或駕單車沿溪流走勢晃盪，客廳廟口跑來跑去，尾隨開路鼓車、藝閣花車，或在流水的宴席中打游擊，搭乘父親的豐田追五王廟遶境，跟蹤索取銀兩的獅頭藝人，和土地公一起「拍無去」，隨大哥的馬自達在鹽分地帶兜圈再兜圈，給二爺騎車載到深山林內收驚……時而悠遊時而閃避，速度不等卻馬不停蹄的吋土踏遍，彷彿駐足便要生根纏繞，唯有拔地而起，全速奔跑才能護祐他寶愛的鄉境平安。

楊富閔不只一種年紀或順時長大，他的小學時代在逝去後總會再度光臨。三十幾的博士生穿過教會廟會轉眼便跑回「羊蹄甲發得好美」的小學春天校慶。「時間永遠是不固定」，楊富閔以寫作回憶，忽大縮小的身體與年紀縮脹出愛麗絲夢遊奇境。時間線相互吞食，前行其實是倒退。丙子、己卯、丁丑歲次跳接卻輪番鬧熱，像鞭炮一場炸過一場。丙子年開竅的小學生「眼睛漸漸看得清卻又看得更不清」，在即將登場的廟會前領受時間焦慮。天人交戰於迷人的夜間宋江操練與八點檔《第一世家》的追劇，短短五分鐘的廣告時間切換於神明爭鬥與人間條件，來回奔跑於連結二重空間的蟲洞。騷動的村子，連荒廢的白牆都布滿遶境塗鴉。廟會的終點是全村接龍的流水席，小學生騎單車挨家視察，「騎到最後也是最遠一顆平安紅燈籠的放光之處，騎到農曆三月的曾文溪河床地。那是鄉境的最外邊。告誡自己不可以再過去了，再過去就是興建之中、飛沙走石的福爾摩沙高速公路了。」

歡騰開場卻結束於「告誡自己不可以再過去了」，〈歲次丙子的鬧熱〉種下惘惘的威脅隨即兌現成〈歲次己卯的鬧熱〉中的事件。未來的寫作者在回首凝望甫從小學畢業的自己，道出盛大慶中大家還不知道的事：「己卯年這科香極盛大。從農曆年後喧鬧至端午節前，大家津津樂道長達數月。緊接而來九月的大地震與年底的曾祖母謝世。」開場所預告的終局為鬧熱的遶境蒙上陰影。草地裡的「羊戶閔」趕著長大，「我在趕路，我們全家都在趕進度，前方隊伍行過三個路口，二十世紀就要結束」；對於事後通過寫作回看的成人楊富閔，時間在前行中後退：「我的小學畢業，以及曾祖母的過世，全在對我倒數」。書寫搖擺於時間的兩端糾結成「前未來式」（futur antérieur）暴露了將臨的壞毀。儘管過程尚未知曉，事件全局尚無從浮現，然而，超前佈署的生離死別像白晃晃的刀，亮著口子，等在終點，再歡快的安排都隱隱作痛。

前行與倒退的雙向時間使楊富閔的敘事從純粹過去中脫軌，表面上是往日時光中的天真孩童，也順應相同的時序，知覺同一份經歷，實則開始總已是重新開始。伊索寓言的夏日蚱蜢盡情高歌是無知於冬日將臨的未來，嚴冬將攜同死亡一起抵定牠的悲劇。命運在末日揭曉，縱使震驚卻也無暇掙扎，畢竟受苦僅侷限於散場一瞬，眨眼就過。然而無盡痛楚無非源於預知未來卻無力煞停，睜睜看著命運直奔終局，蚱蜢的手舞足蹈與僵死，一目重瞳，痛快都不那麼痛快。

被預警的宿命未至卻先發，既一派天真又已千瘡百孔，合境走踏的羊戶閔摺疊著回首寫作的楊富閔，大街鑽小巷的尋鬧熱與迂迴避道「覓相找」，記憶在重溫中滋生新意故道犁深，敘事開始時亦總已重複開始。開始未知開始，唯獨結局現身才重識了事件不可見的開端，因而開始從（開始）結束後開始。唯有繞經〈歲次己卯的鬧熱〉才能重新領悟前篇〈歲次丙子的鬧熱〉裡宋江陣的熱血沸騰與技藝傳承將在三年後的增補新血中暴露人口的外移、老化與凋零。楊富閔字裡行間喧騰著各種鬧熱場所，將臨的秘密同樣如影隨形：「己卯遶境的香科，曾祖母還健在」。轟鬧鬧的親族闖入曾祖母的眠夢，遠方的高空煙火秀在沒有未來的時光裡竭力盛開，校準離別的走向。遶境隔日，離鄉的宋江陣少年北返回到工作崗位，急轉的速度直奔敘事終點。

楊富閔把死亡搶說在離別之前，先寫姑婆哭到肝腸寸斷，接近哀號，「而我站在騎樓看她從遠方匍匐而來，傻在原地不知如何應對，任由眼淚無端汩汩在流」，最終收束於青年離鄉打拼的鏡頭：「放我狠狠去飛，有事沒事，不要回頭」。兩種交織的離開，使死別歧義為離鄉，「送葬與遶境隊伍同時交錯大馬路上，我身陷其中不停脫隊又不停跟上前去」。語意錯綜，不要回頭是為了飛翔，謝世即刻跳接匍匐歸來，死亡不是終點反而使敘事活跳跳地進場。於是曾祖母不會真正離去，只是狠飛，「一支隊伍交錯另一支隊伍。一支隊伍長出另一支隊伍」，藏於時序顛倒裡的盼望茁壯成新敘事的枝椏，寫作調度了新生的事件現場。

寫作扭轉有所本的回憶成為推陳出新的未來，像〈晴天霹靂方法學〉裡提到「故事要風要雨，說風是雨，早就全都由你決定」。跟在己卯遶境後的敘事從世紀末前往／退回一九九七年的〈歲次丁丑的鬧熱〉，時間反摺，翻頁悲傷，「倒帶重新回到剛剛經過三合院的那顆鏡頭，仔仔細細，再看一遍，這次我就突然發現站在牆邊的母親，以及踩在盆栽，雙手撐在紅磚牆垣的自己」。楊富閔把自己從小學畢業寫回四年級生，「我的路線絕對呈現奇怪的迴路，看不出到底要去哪裡」。從已定案的過去不定向地往無從預料的寫作未來偏航，一九九七年的小學生鑽進人牆與回鄉參拜的台北市長握手一瞬，時間前未來式地再度馳向遠方，「這位市長幾年之後將會爬得更高，這個庄頭將會湧進更多民眾」。孩童與政治家掌心交貼裡湧現出言說創造的二重先兆，羊戶閔歡天喜地的回家炫耀，「不知為何大家全都相信了，他們又沒看到」，未曾親睹卻相信話語凸顯了口述的悖論，表面率真，實則勾勒著敘事創建的可能世界。《合境平安》於是並非小學生活（過去）的白描寫作或創作者（現在）的成長回顧，時態前馳後奔的寫作搭建了獨一無二的作品時空，像〈香條通告表〉層層疊疊重複拼貼，既預告著將臨的廟會亦記錄著眾神到此一遊，新舊香條斑駁錯落在通告版上，布置出嶄新的時間聚落，形構了絕無僅有的諸神交手與對話。

作品時空任由寫作者安置時序，小學生羊戶閔與寫作者楊富閔不斷更迭獻聲，單一敘事時空就此破局，多重音頻對剪對接。一九九九年的〈聖誕樹王公〉揭開作品序幕，印記著此繁茂宇宙的秩序法則，多年後的楊富閔隔岸觀火看自己遭遇卡片分配的困難，寫在卡紙上的Merry Christmas總會漏掉很多字母，彷彿當年的語言留下空缺，待日後差異時間裡的重說才能補綴鑲嵌成完整的祈福故事線。「這麼寫著、想著，我的腦袋清晰，思路更加通透」，寫作並非為了再現而是要長成一些新的人物與另一種思想，就像從七等生的〈老婦人〉裡長出楊富閔的〈談天的香客〉。楊富閔的寫作不只為了懷念或定格，因此有著〈藝閣花車〉裡愈看愈年輕的仙女姐姐。思想變貌讓停滯的過去如活水湧現，一個新觀點已然展開世界。

〈歲次己卯的鬧熱〉中過世的曾祖母將於〈重逢平安橋〉再度回歸，她在〈兒童戲：麻將紙美感練習〉給孩子們比手畫腳討麻將紙糊牆，在〈兒童戲：辣芒果成年禮〉持續發派過年紅包。「當時健在的人瑞」與「她是不是隨時會死？」仍會在恍惚間躍出，中斷笑到歪戈七剉的孩童遊戲，喚醒已知悉的預知死亡紀事。然而，接續的日常描述會繼續懸擱死亡，像突發奇想卻隨即散去的疑問、似曾相識卻遙遠的夢境，或那張曾祖母盯看了許久卻什麼都沒有的茶褐色麻將紙。死亡、離鄉、歸來與在地，這些曾被差異撕裂的兩地相隔在《合境平安》重新安置，形構了莫比烏斯環走不盡的同一直線，只要繼續前進就能退回故土所在。然而這裡不是麻豆，亦非府城，而是在敘事無盡變貌中生生不息的《合境平安》。於是，楊富閔說：

寫作是逆天的事業。我還在寫。寫作是我的對抗。（《合境平安》，二五九）

一. 想像力定位系統——述異十三篇

目錄

三、廟文法——從天而降的故事

四. 春日海風的送迎

一、想像力定位系統

——述異十三篇

聖誕樹王公

某種典型的鄉土敘事是這樣的：應該有一棵老樹，老樹下擱置幾張塑膠椅，講究一點，樹的底座是用水泥漆成一個圓，如此也可拿來坐躺。樹邊或許還有一間小廟，多數的人會說它是土地公廟，但我以為它是東西南北、五營小屋的機率更高。樹下似乎是個故事交易所在，時常聚集許多老大人，且以男性為主；再多一點，總會提及樹下攤販即景，往往就是黑輪伯香腸伯等，而若要增添當代元素，就會有看護與輪椅與長照的老人。連我自己都寫過以上提及的類似的場景。

以下我要告訴你一棵老樹的故事，它是老樹，卻未必可以稱公，樹下沒有老人搧扇，也沒土地公廟，卻曾短暫成為鄉間熱點。如同現在一排開花的花旗木與阿勃勒，網路消息擴散之後，很快即會引來騷動，我則是曾經遇過一間西洋童話般的尖頂小木屋，以及一棵爆紅的龍眼聖誕樹。

那棟小木屋蓋在通向曾文溪的產業道路，路並不寬，行車也少，大人眼中就是平時小孩少來的所在。小六那年我擁有第一台變速腳踏車，時常沿著溪流的走勢，不知東西南北的晃蕩，每次經過這小木屋，我都忍不住多看幾眼，心想哪裡來洋派人家，在這荒郊野外搭建一整座的浪漫滿屋。看那木門的花環、古老的地燈、後院的草皮、草皮上的鞦韆與搖椅，喔，還有加入一點在地元素，就是一個園藝造景常見的小池，猜想裡面養有幾條錦鯉。

我的視線只能僅止於此，一切太像路過的截圖，鄉村溪邊風情的jpg，怪的是從來沒有看人出入，大概平時住在外地，這處只是拿來度假。然那棟小木屋種有一棵老樹，位置很怪，卡在屋身與後院之間，大概是蓋建的時候不捨移、不能移或者移不走的。並非開花的時節，我一眼就認出它是一棵龍眼。它在我眼前目前卻是一棵聖誕樹。

小木屋主人把龍眼樹布置成了聖誕樹，騎車經過可以看到主樹幹與分岔而出的枝幹，團團圈起來各種線路，因為沒有關電的緣故，白天也在閃閃爍爍。第一次看到這種土洋混種的聖誕樹，我的反應相當冷靜，以前學校節慶也會牽起複雜的線路，繞著鳳仙花圃編織而成一些奇怪的英文字母，還舉行點燈儀式。明明我們學生只有白天待在學校啊，記得主任還請學生幫忙，弄得大粒汗小粒汗，後來家長去電反映說這樣傷害植物，同班人馬又火速拆得精光。

這棵龍眼乃是老欉龍眼，不知這些霓虹燈泡，是否讓它感到很不舒服。除了燈飾，還有一些簡單掛飾，比如遠遠看去像是迎風飄揚的卡片、杖狀J形棒棒糖、巧小的鈴鐺。因為私人住所，外人止步，只能遠遠看著尚能辨識的微弱光芒，電流一般的提醒著我：聖誕節要到了。

購入變速腳踏車，那年是民國八十八年，一九九九年，冬天，最後一次要寫聖誕卡給小學同學。我常一買就是二十幾張，比較貴的寫給最好的朋友，設計太美的通常忖度半天，最後誰也沒寫，留給自己當成擺設。我們班上才二十幾個，若再加上學弟妹，每年至多發出二十幾張，我也約略回收二十幾張，我對自己的人緣很有信心，一路以來業績相當不錯。謄寫聖誕卡的季節，當時在鄉間還不常見到聖誕樹，不像現在公務部門一到十二月也會開始張燈結綵，入口都會養一棵聖誕樹，擺到過年初九天公生都還忘記收回來。在我眼前這棵裝扮成為聖誕樹的龍眼樹大概也很無奈，可是溪邊長出一棵聖誕樹的荒唐新聞，很快就在鄉間傳開。如同現在網路常常出現的網美場景，當年許多家長聽聞這棵龍眼聖誕老樹，全部聞風前來。母親公司距離此地不遠，她即是從同事口中得知，比我還要興奮地約我晚上要去看看。

我們母子極少夜騎出門，何況還是溪埔地段偏僻區域，住家相距幾百公尺，一路上都是空的古厝、黑麻麻的果園，以及年代久遠的墳墓。我們家從不過聖誕節，聖誕節在日曆紙上寫的是行憲紀念日；我從小也沒聖誕禮物，以前鄰居嬸嬸疼小孩，特地用襪子裝滿糖果，隔天帶到孩子面前，一臉吃驚像是聖誕老人來過，我們母子在旁加戲演出，我那堂弟瞇眼笑得好樂。從小我對聖誕二字相當敏感，主要來自神明做壽都用四字聖誕千秋——我是先會聖誕的台語，才知道Merry Christmas，後面這組單字，每次我寫卡片都會漏掉好多字母。

那個晚上，我們夜騎來看聖誕樹，越騎感覺路途越遠，母親並不知道樹木的真正位置，而我也沒有告訴她，其實白天我已獨自來過了。暗路兩邊盡是大面積的黑顏色，而前方遲遲沒有來車，後方當然也沒有車。我心想這路線是對的，母親邊騎邊講：聽說很多人來看啊，安怎沒有人影。

故事走到這裡，大概以為什麼鬼擋牆的套路就要登場，以及母子兩人即將落荒而逃，你只猜對一半。我們行在正確路上，只是騎過了頭，燈泡這麼搶眼，怎麼沒有看到？我們心中同時發出疑惑，母親甚至打算原路折返。她好堅持，而我已覺得太多太多了，一心要她繞到大路趕快回家，學別人看什麼聖誕樹啊。

隔天鄉裡傳出，那棵聖誕龍眼引起太大騷動，加上聖誕燈泡二十四小時轉啊轉，結果燒怕電短路，小木屋主人打算換上新貨，同時主人也被圍觀的孩童與家長嚇壞，如果故事發生在這年代，大概就會瘋拍打卡與上傳。小木屋主人聽聞消息，特地請假從城市趕回，偕同妻子從下午忙到晚上，所以情節有了一個理想的轉折。小木屋主人非常歡迎今後大家自由出入，同時記得夏天來摘又大又甜的龍眼。

我們母子得知這麼好康，起先兩人興趣缺缺，後來內心再生騷動。不停輾轉從別人口中，聽說燈泡面積越牽越大，以及不只一棵龍眼樹，屋頂、花園、鞦韆乃至牆垣，全都加碼布置。我們附近的幼兒園，據說已經包車要去戶外教學了。母親說什麼好看的啊，我自己去買個燈泡，門口那棵雀榕牽一牽，晚上開燈亮個半小時，這樣也是聖誕樹啊。母親說得沒錯，可是母親沒有身體力行。但我沒有想到，與母親動了相同念頭的家長，其實不在少數。大家開始有樣學樣。

那年冬天，我在鄉間看見許多發光的樹，高樹、矮樹，榕樹、芒果樹、造景小松、學校的黑板樹也披披掛掛，以及不知去哪買來真正的塑膠聖誕樹，這棵實在最沒特色。

那年冬天，家家戶戶都在述說他們的聖誕故事，展現他們的聖誕想像。好像正在舉辦聖誕樹布置大賽，這是我的創作課，而我剛剛負笈一所教會學校，隻身離開河階地上的楊家聚落。跨年夜的大白天，我就騎上新買的變速車，無目的地晃來晃去，從溪邊晃到山地，從聚落晃到營區。看那白天的聖誕小燈，亮得特別辛苦，閃閃熠熠，努力為我點亮邁向二十一世紀的最後一哩路。

曾文溪第一排

開壇問事的第一步，首先找到人手來扶四輦轎。畢竟總不能問事者自己上陣，自問自答。可是人手不是隨傳隨到，士農工商的鄉村生活。白天大家都忙，所以這時人情就得派上用場。

那時家中常常接到一名高齡阿婆來電，說是原本大家追奉之神明，「暫時」離開原先棲身的宮廟，目前寄住阿婆的家。暫時離開是什麼概念？由於寄住之地不立神像，以致根本沒有具體指認對象，那只是一間尋常的民宅，一座尋常的神明廳，一張尋常家用的神明桌，掛著燻黑桌裙：香爐、燭台與神主牌，還有一只得需矮凳墊高才能插香的天公小爐，搖搖晃晃在空中。那時大家認同神明在此，所以全都相信神明在此了。

對於屋主阿婆來講，倒像家中來了訪客，既然神明同住，好像怕祂無聊，不然偶爾請祂下來說說話，現在想來也是非常幽默，而我們全然信服。從此阿婆請神降駕成為一種夜間活動。阿婆除了年齡高，血壓高，連身形也很高，她是我見過村子裡少數超過一百七十五公分的婦女——我很喜歡她。那時阿婆尋覓的扶轎名單，父親永遠是她的理想人選。父親人好，從不推辭，可是這樣不夠，至少還要找到三名壯丁，說故事的極限運動才能往下進行。

阿婆家是私人民宅，沒有對外開放，問的事情可以比較私密，這是阿婆動員的扶轎名單，相當固定的原因之一。我常覺得自己超像來到告解空間，這下沒有自備幾道問題，好像有點太可惜了，畢竟神明好不容易下來一趟，單單只解阿婆一人，實在不太給祂面子，而且總不能冷場吧。母親有時也會一同前來，在她沒有加班的日子；附近鄰里聞聲也會探個頭，如同一種例會，彼此交換最近是又碰到什麼疑難雜症，補個進度，上次、上上次那掛心的事情後來處理好了嗎。

阿婆的家緊鄰曾文溪，後來我都形容說她住曾文溪第一排，她家被高聳入天的椰子樹檳榔樹群密密包圍，樹群之間，錯落幾棵低矮的泰國芭樂，我第一次體會「筆直」兩字，就是來自那些椰子檳榔；我第一次認識泰國芭樂的果實，它們碩大如嬰兒頭顱，則是母親騎到一半，熊熊將機車熄火，喜孜孜下車端詳半天告訴我的，而那是條暗濛濛的夜路，她一點都不害怕。我們曾在路上驚見從溪埔地爬上來的溪蟹。不可思議的溪蟹。很像這些溪蟹就是神明兵將，衛戍著眾人的行踏。

林中路最深處即是阿婆的家：一尊無形的神明，跑來住在人家的公媽廳，用我的話來說就是外掛，這是什麼道理啊？神明廳堂兩邊則是臥房，住著襁褓中的新生兒，常常傳來罵罵哭嚎。視覺左右延伸，還有客廳與廚房，仔細回想，阿婆家的前身也是一座三合院，後來幾經重建，現代的花窗與伸縮的雨棚，可以說是改良式的新居家。

母親與我沒有什麼想問，所以我們喜歡散步與吹風，爬上河堤納涼，赤腳摸黑走在鋪滿鵝卵石子的康健步道，母子兩人痛到哀哀哭叫。阿婆家的地勢同樣很高，能夠看到鬧區樓厝的燈火，那時遠處尚未建起福爾摩沙高速公路，天地之間唯一的音源，是輦轎搖晃與敲打神桌的拍響，加上並不湍急的曾文水流，氣氛相當肅穆。如果我們離開河堤轉身入內，那就代表儀式已經開始了。

宮廟神壇的指點迷津，於我而言，正是敘事學的小教室，我大概從中頓悟某種故事運作的律則，但也懂得欣賞這些故事的源起、轉折與發展。問題說來大同小異：身體病痛、子女事業，乃至多夢難眠。阿婆是現場的主旋律，負責詮釋神旨的還有桌頭一位，他要翻譯香灰的符徵符旨，說出一個取得共識、至少心能接受的什麼道理。

我也曾被駕到桌前，可惜我是老師形容那種不愛發問的台灣學生，不會突然提出什麼高見，對於生活沒有太多異議，或者根本我也不願花個時間去想，神明只好順勢幫我收驚淨身。當時內心多少對於這些傳統儀式心生抗拒，內心一有念頭我又火速將它撲滅，超怕被誰看穿我的心思。

母親也被駕到桌前，四名男丁突然發狂，四輦轎原地旋轉，母親置身其中。大家嚇得退到牆垣，我則趕緊逃到門外，引起好大一陣騷動。神明正在治癒母親體內的病痛，彷彿身上腫瘤早就悄悄成形。那時母親一天工時超長，與其來這問東問西，不如把握時間好好休息。追根究柢，我們來到曾文溪邊的無名神壇，主要只是督促父親。等待差事結束，我們機車三貼，一起離開河床地。

那些溪邊夜間私宅的宮廟故事，約莫在八點左右上演，我曾在此練習察言觀色，學會聲東擊西，將瑣瑣碎碎的東西，講出一番因果邏輯。讓我感到興趣的是，阿婆與桌頭的說話聲量總是好大，類似台灣話形容的「歹聲嗽」，這是代表他們與神明親如家人？我常抬頭才能看清阿婆五官，而她愁容滿面，分貝越拉越高，反覆確認神明的旨意：祢是這個意思？是。四輦轎用力敲打神桌；祢是叫我毋通堅持？不是。繼續在布滿香灰的神案作畫。所以清明過後，代誌就能改善？四輦轎用力撞擊。好啦好啦，照祢的意思行啦。

整個過程討價還價，直至雙方最後取得交集，故事才會畫下句點，這時散場約莫十一二點。大家都不退讓，也不輕言妥協，我曾在旁聽到想哭，卻不知為何淚流。這是一個人的自言自語，也是一群人的自言自語吧。以後我便明白，創作需要天分、努力與視野，明確個性更是不能欠缺，而我從小就是一個愛跟神明大小聲的孩子。

收驚阿嬤的出戲

二爺騎車載我來給深山林內一名視障阿嬤收驚，收驚處的外觀是一間尋常的樓仔厝，此地是典型的山區散村，鄰近住戶不多，若有常是透天豪宅，猜想都是遊子歸來起建，而我眼前的民宅門口有個院埕，養著一隻懶洋洋的大麥町。

收驚不須健保，且無法預約。我們常是突然到訪，就像世上所有的驚嚇都是猝不及防。我神經兮兮，早年砂石車走鄉間道路的年代，那些尖而拔高的鳴笛，三天兩頭將我嚇醒。我很容易驚到，太過專注的緣故。

突然到訪所以容易撲空，那天抵達收驚處，屋主隨說阿嬤剛剛外出，這時才想離開，未料阿嬤老遠叩叩走了進來。玄之又玄的故事往往需要一連串的巧合當開場。它會讓平常的變成不平常，不平常的更不平常。

我所見過的收驚，儀式大同小異，首先燒香稟報神明，接著變出一塊紅布，包裹一小碗的生米，布與碗合而為一，形成相當特殊的造型。我回家之後自己仿造，對著坐客廳看電視的家人晃來晃去，個個笑到歪腰。那天收驚，神明廳沒開燈，不知是否因為阿嬤本身眼力因素，我總覺得從她到家，進門聽聞已有來客，這時她早就帶戲進場了。

儀式才要開始，又有新的訪客，阿嬤碎碎唸到一半，大家又集體出戲，這時收驚阿嬤要晚到的人等在一邊。收驚阿嬤的家人，平行時空過著日常生活，好像媳婦或者女兒正在發動機車，大聲喊著：母仔我出去一下。

有人出去，有人進來，畫面繼續回到我的收驚現場。收驚阿嬤說：你晚上睡覺毋通穿得太花？我的睡衣是母親在市場買的，且是全套式，上衣下褲佈滿長頸鹿圖案。我只敢在晚上九點以後穿下樓；阿嬤又說，是不是在庄內的大廟附近，差點被一台汽車擦到？我不敢說沒有。確實我在跟一台汽車閃身。那天我不退讓，他也不退，窄巷毫無縫隙，我覺得沒道理要我先退，大概對方也這樣作想。為此跟著成年人司機路邊破口大吵三分鐘。

檀香持續氤氳廳堂，參雜剛剛騎開的機車的排氣。其實每次只要走入他人家的神明廳，我會反覆看著廳牆：祖先的遺像、各種委員會的感謝狀、財團法人贈送的坐鐘。這時阿嬤緩緩攤開紅布，好像揭開什麼秘辛，她正反覆端詳，就在她說了上述幾項叮嚀話語之後，睡姿仰躺的大麥町吠了幾聲。原來剛剛出去的女性騎車載了一名小女生回來了。

我就順著聲音往外看了一眼，發現機車後座載著正是我的同班同學李美惠。李美惠進廳堂。李美惠恰北北。我嚇了好大一跳。她人立刻拐入隔壁，她且喊了一聲阿嬤，和我對到了眼。原來這裡是她的家。

故事走到這裡，彷彿就要開啟一則小情小愛的通俗故事，喔不，我只是來收驚，而且對她我沒意思。我們甚至沒有揮手招呼。她的成績不錯，平日的朋友圈也沒交集。比較驚訝的是原來她有補習——她手上拿著數理班的小提袋。我們班導不喜學生進行課後輔導，這樣好像間接暗示她教得不夠好。我們班導的年紀，當年可以當我們阿公阿嬤，仍有那代戰後小學教員的一種堅持。

儀式結束之後，那位騎車出門的女性，留在廳堂協助收驚阿嬤，我還是不知道她是女兒還是媳婦，她正自言自語，說她小孩最近學校老師打得很兇，每一科都是錯一題打一下，剛剛在補習班遇到幾個家長，全都面有難色。二爺則是順著收驚阿嬤提示，跟我確認最近有沒有被嚇到。這時阿嬤已在fade out替換另一斗米了。收驚阿嬤緩緩燃起三炷新香，準備處理等待的來客。

我確實睡得不好，也犯了車關，可我緊閉雙口，沒有多講。只在走出收驚處，沿著彎彎山路回到市區，忍不住問了二爺。那個目珠看不見的阿嬤，她也會替自己收驚嗎？

私佛仔地圖學

鄉間多的是私佛仔，這三字用台語唸起來聲感很強，尤其那個佛仔，讀成捕啊，縮唇的補音好似開出一朵又一朵的花。

我見過的私佛仔，大抵是民宅自己供奉的神明，規模不大，可是聖誕日子都有做戲，每逢賞兵儀式，居民挑著扁擔謝籃前來助陣，若是經費充足或遇特殊狀況，通常就會來個遶境，刷一波存在感。周圍居民往往就是忠實信眾，或者相反，他們常是最大的反對方。因是民宅延伸而出，不是每天都在聖誕，過的還是日常。這些私佛仔門口側邊會有一支黑色令旗，馬草水的設備，若再奢華一點可以擺一座金爐。停妥家用的汽機車，曬著藍顏色的工作服。

我從小就在林立私佛仔的村莊長大，一年四季，輪替著不同神明的活動，班上同學家中經營宮廟的不在少數，他們或者會說，大方在教室操操砍砍，把桌椅當成神轎，把教室當成廟口，人手不夠家長還會幫忙請假；他們或者不說，也可能不參與——以前二爺雨天送傘來到我的學校，等待鐘響之際，就在走廊和其他家長聊開，回家途中我才從他口中知道，原來班上同學的阿公是城隍的乩身，從來沒有聽他提過。

我對私佛仔供奉什麼神祇印象不深，大概內心多少仍是充滿敬畏，不敢也不能多看幾眼，倒是對於家廟合一的生活方式大有興趣。我常去的幾間都是三合院延伸而成的私佛仔壇，兩側住著叔伯輩分的親戚，以致我也不敢大聲說話，每次我都緊緊跟著同學。三合院的兩側住戶未必從眾信仰，但是他們的公媽也在此啊，如此公私親疏的特殊體感，相當吸引從小生在複雜環境的我。

這是一門關於私佛仔的空間學。初次走進陳政杰他家的三合院，一入大廳立即看見神桌，神像與神主同在，神明廳往往是早被煙燻而黃通通一片，讓人想起故障的肝。廳牆固定掛著老鐘、證書、獎牌、大開日曆紙與祖先肖像畫，幾張證件用的現代攝影，其中一個我認出是陳政杰的阿嬤——他阿嬤過世兩年多，流感引起的併發症，走得相當突然，記得上課上到一半，陳政杰被家人請假帶回，家人正在走廊與老師說明狀況，眼淚嘩啦啦掉個不停。以前我最好奇這些客廳即神壇的同學家中，若是遇到白事，神主如何與停靈在廳的棺木共在。聽說會隔上一張紅布，或者用米篩加以阻擋，但那樣共在的畫面還是讓人很想一探究竟，每次想要開口問陳政杰，總覺他聽不懂而我也講不清。

聽不懂也講不清，大概就是我在私佛仔的切身感受吧。這些私佛仔常常沒有宮名，以致區別方式往往就以祭祀神祇為名：那間是土地公、這間是王爺，或者好幾尊一起拜，好像一個團體，而且是天團。這些神明的所來與所去都是好聽到爆的故事，如果能有一個關於宮廟故事地圖，以此連接它與庄頭大廟的關係，或者各自再行衍生而出微小敘事，總有一天你會聽得懂也講得清，屆時我們會有機會重新定義什麼是想像力。

那個週三的下午，南風吹拂的鄉間，除了我在內，還有一名女學生，人人好，我們兩人先是單車作伴，一同前往陳政杰的家，卻沒料到我們要在神壇前的茶几埋首，完成十二行的國語作業，陳政杰也太條直了。那時小鎮沒有什麼休閒，我們喜歡相約一起完成功課，像是一種社交活動的成人練習。陳政杰是個纖弱的男孩，我們三個特有話講，大概我也不是太粗獷的學生，三人在校常常聊得天南地北，下課繼續約繼續聊。他的爸媽平日都在上班，家在三合院的右半邊，左半邊門窗深鎖，聽說住的是在台南市開工廠的伯父一家。

我們兩個初來乍到的學童，一時之間好像香客，下意識的雙手合掌，拜了一下。陳政杰這時從冰箱端出西瓜切盒，滿滿的小玉西瓜，接著分給我們每人一罐冰的雪碧，最後搬出收音機要放點音樂——真是好懂生活的小朋友。這時我看到插座已被各種插頭占滿，不到五坪的空間已被充分使用，所有想得到的電器都登場了：電扇、電視、電鍋全在這裡，插座外接的延長線接的是神桌上的長明燈，以及蜘蛛牽網一般讓人不知終點在哪的線路，嚴格說來，這處用電安全真是十分令人堪憂啊。

陳政杰他家的宮廟同樣沒有名字，空氣中浮泛著檀香的味道，香的品質不壞，姑且就當它是一種安神精油。本來作業時間應該嘻笑怒罵，才十幾行往往寫到三四點，那天搞得神經兮兮，彷彿神祇都在盯場，效率特快，而我忍不住抬頭看了一眼，不確定是不是土地公，但因旁邊還有一尊女的，猜想就是土地公與土地婆吧。我們靜靜寫了一段時間，突然走進一名老人，頭戴宮廟網帽，像是準備出去上田，猜想是陳政杰的阿公，他們沒有交談，老人只是建議我們搬到戶埕，外口卡光，裡底暗濛濛、傷目珠。

那日回家之後，我吐了一個晚上，隔天勉強到校，女同學卻已請了病假，我們沒有什麼症狀，就是烙賽烙不停。女同學烙更久，她的家長聯絡老師之後，特別提到也要注意我的情形。當天老師下課，把我與陳政杰一起帶到導師室，教育真的很難啊，什麼狀況都有。老師極其淡定、開門見山，說我可能是被人家的祖先問候到了——聽說這是女同學被家長帶去收驚得到的結果。老師說完，突然不知如何面對陳政杰，總不能說，請問你們家哪位公媽看我們不順眼啊，害了我們兩個上吐下瀉烙到虛脫。

我的症狀輕微，而且現場還有土地公土地婆不是嗎？那天下課，陳政杰的阿公前來接他，導師向他說起這個狀況，作為一個傳遞知識的教育工作者，他展現了權衡理性感性的最佳說話術，他說，上次我們學生去你家做功課，好像太不禮貌，都沒跟您打到招呼，還在你們神明廳堂吵鬧，結果現在烙賽好幾天了，大概是人家說的被祖先問到，能不能請政杰阿公幫忙燒香說明一下，小孩子不懂事。我也沒有教好。我要好好告誡大家。

陳政杰的阿公倒是相當客氣，這是我第一次聽他講話，嚴肅的臉孔，莊稼人的膚色，他阿公答應即時回去焚香，還要祂們祖先毋通作弄囝仔郎。陳政杰跟我四目交接，我們不知該說什麼。那面陳列陳家祖先遺照牆面，當天到底我們是得罪了哪一位啊。陳政杰說，我回去看個仔細。

再說我們明明安靜作業，土地公與土地婆怎麼沒有出來作證？從此每次走進神明祖先共在的私佛仔，我常深深感到困惑——請問這個地方，是你們家牆壁上的祖先大？還是神案上的神明大呢？

浪漫老乩力

我認識的乩童都是老的：太子爺的乩身、媽祖的乩身、清水祖師爺的乩身。鬧熱時候他們穿著龍虎群在廟埕操演，日常就只是騎著鈴木機車的做田人。

以前常聽一種訛傳，說當乩童的身體多數欠安，而且歲壽不會太長。這個說法在我的經驗，可以成立也不能成立。我也見過高壽的乩童，舅公現在也快八十，但種種說法讓我對此一身分更好奇：他們沒有起駕的時候，似乎隨時可以將我洞穿，所以面對祂們，我是能躲就躲。

乩童是廟會的靈魂人物，老乩神威的顯現讓人肅然起敬。老乩也曾資淺，我在廟會現場見證神威世代交替，以前就有幾個乩童是我同學阿公。可是同學在校並不常提。

只有我會掛在嘴邊一直說，說我家誰是童乩。從小擔心父親也被抓去當乩。實則家中體質具備發起來的長輩不算少數，聽說大伯多年之前到大陸旅行，一旦步入老廟就會渾身不對，最後常以發起來收場；幾個堂姑也有此種體質，可以見人所未見。我自己完全進不去，倒是對於各種禮俗文化興趣很深。

我對老乩油然萌生一股尊敬，因著尊敬所以閃得很遠。其中幾位偶爾來到我家泡茶，很難想像他們廟口威風八面的樣態，我從不敢聞問關於起乩的問題，偶爾也在家長接送區看到他們正在等候就讀小學的金孫。這麼平凡這麼家常。

我最親近的乩身是舅公，每次看他在那操得背脊滲血，作為親屬其實還是相當不捨，祖母每次都邊看邊罵，邊罵卻又邊合掌，這是她從小疼愛有加的弟弟，是她從送養家庭硬搶回來的おとうと。多麼不忍他的肉身承受如此大的皮痛。

廟宇與乩童的關係千絲萬縷，畢竟作為神明的代言人，重要決策之際，你到底要聽誰的呢？乩童不能隨意開口，有時也會蒙受神明懲罰，諸如胡亂開示大家樂的牌支，這就有損威嚴；或者洩漏太多天機、亂帶話題風向，也是千萬避免。父親有個乩童朋友，我們晚上常去他家泡茗茶吃黑眼瓜子，乩童住家且在巷底，路燈遠遠一盞，更是加深我的恐懼。永遠記得他起乩的模樣，唱唱念念，是一聽就能辨識的腔口；沒有起乩的時候，他的話也不多，總是看來心事重重。廟會現場的乩童，身邊一定要有貼身助理相隨，助理提著裝滿五寶的小布袋，隨時口噴米酒消炎退紅，酒精現在也裝在噴霧器，這樣大概比較衛生。最近網路看到舅公起乩操演的影片，跟在旁邊的是妗婆，看前顧後，仔仔細細，但凡一有動到兵器，噴霧器快速給它按下去，努力想要減輕丈夫體膚的苦。

曾經我也擔心自己變成乩童，小學班上許多同學家中就開宮廟，下課時間，他們移開所有課桌椅，瞬間就把教室變成廟口，其中一個跳到講桌，模仿乩童或者家將，用力操操砍砍，大家笑得花枝亂竄。我在旁邊好想加入可是沒有加入。有次大家瘋瘋癲癲，進行一半，班導突然回到教室，大家嚇得一哄而散，未料有個同學太過入戲，繼續跳個不停，閉眼晃頭，雙腳點踏，嘴唇快速抖動發出嘟嘟聲波。他且拿著老師用來體罰的愛的小手，站在講台，對天不停揮舞，彷彿早已脫隊去了無人之境。

對天發誓的人

原本朗晴的天空，突然傳來一聲遠雷，遠遠的，分不清聲音從而何來。我從學校狂奔回家，看看白雲藍天，短時間內不太可能下雨，那麼這聲遠雷就是特地為我而響。剛剛的我犯了逆天大錯，誤信一個大哥的話，替他發誓背書，我不知道自己怎麼這麼的傻。

場景是在學校司令台邊，二年甲班教室的外圍，週六午後的校園沒有師生，人物是一個大哥一個小弟，老實說兩個我都不熟，他們正在談話：小弟淚眼汪汪，似乎什麼東西被搶奪而去拿不回來，一大一小，回聲特大，細想起來，其實在我眼前的就是一場霸凌。大欺小呢。

結識這名大哥起因於一場廟會。當時父親時常領我出沒，這名大哥應該在讀國中，非常頑皮，天不怕地不怕，就怕他的阿嬤。這名小弟住在我家附近，家境不錯，擁有好幾台軌道車。我想起來這場紛爭即是出自一場軌道車的試車比賽。總之，小弟的某個稀有零件，現在已經握在大哥的手上了。

他們吵個不休，那時喜歡課後騎車到校閒晃的我，無意之間撞見這場談判。大哥看見我來，且是熟識的人，竟然要我替他發誓說他沒偷拿，而我完全不懂保護自己，搞不清楚狀況，隨即說好替他作保。未料話才講完，大哥隨即掏出藏物，交還給那小弟，並且笑得齜牙咧嘴，告訴我說：你亂發誓，你要被雷公打死了。

我心想原來他真正要弄的是我。那小弟啼啼哭哭，騎著越野腳踏車離我而去，剩下像是犯了天條的我傻在當地，同時覺得自己隨時會死。這時應該做些什麼呢？第一時間想到拔腿狂奔。同時想去跟他阿嬤投，這樣那樣想著，此時我已噴哭跑在回家的老路。

所以是我太沒心防，還是真正遇到壞人？他壞嗎？我常見他牽著他阿嬤上菜場，協助祭祀也是手腳超快，或許他只是愛作弄小朋友，白目刷刷自己的存在。

現在我仍清楚記得內心情緒的起伏變化，這個我才剛剛抵達十年的人間，沿途看見的一磚一瓦，突然變得異常遙遠卻也異常清晰。不能隨便發誓，否則會被雷公打死，電視劇這樣演，台語歌這樣唱，台灣民間故事全都這樣說。所以我會被雷擊中？藍天白雲，天氣極佳。我是不是等一下就要死了。

回到了家，門也沒開，直接跑到隔壁的理髮店。我不知為何是理髮店，大概不想死在家裡。當時曾祖母的家還出租給人剃頭毛，下午時間生意較為清淡。我就坐在理髮椅上，不敢說出剛剛發生的事。我的內心恐懼不停放大放大再放大，而街景依舊，人車依舊，剛剛那個小弟，已經快樂放著雙手，騎車從我眼前咻咻而過了。

這時一記遠雷不知從哪方向傳了過來，我的全身毛孔縮緊，精神肅肅揪了起來。不會吧，這麼快。但我掃射周遭，心想沒人聽到？而白雲更白，藍天更亮。照理這時應該有人適時將我喊醒，潑我一頭冷水都好，因為沒被雷公打死，我也先被自己嚇死。

或許聽到雷聲反射動作，我下意識地跑去收拾衣物。我家衣物固定都與鄰居親戚，一同晒在三合院埕，由於母親下班很晚，這就成了每天下午四點，我的例行差事。

這天我搶到第一，超前部署，隔壁媽媽好意提醒，你也太早收了，等一下還能西晒；隔壁媽媽且說，還是你等一下不在家，我可以幫你？夏天日長，五點再收還來得及。我心想來不及了，而我什麼都說不清，沉默地火速地摺完衣服，快快把門關上。

我才把門關上，抱著全家人的貼身衣物，走入家屋，忽然之間烏雲攏靠而來，廚房客廳一秒變成暗室。沒有閃電也沒有雷聲，接著我就聽到窗外大雨，嘩啦啦地下了起來。

藝閣花車

週三沒課的午後，我就繼續騎車在臨溪的聚落晃蕩。雖說聚落，其實只是人口稍微密集。班上許多同學居住於此，老師也住附近，我們家長戲稱這裡平常秩序也很嚴謹，簡直是我們鄉的文教區。

這個聚落相當方正，整排的新蓋的透天厝，屋齡不會超過二十，這在鄉下已算很新，出入都是比我父母更年輕的成人，小孩正是就讀幼稚園的年紀。騎樓常停新的轎車，福特或者豐田或者三菱。鄉下中產階級基本款。

我常騎著單車，來到此區晃來晃去，晃進無尾巷，又晃了出來。此處雖然文教氣息相當濃厚，怪哉宮廟也很密集，附近住戶多有從事廟宇事業，零星的金紙舖，以及路邊長年停著一台廟會用的藝閣花車。花車上面旗袍打扮的假人動作停滯，正好擺出橫豎吹笛的姿勢。我猜司機可能突然熄火，一切就這樣卜住了。

每次我都特地繞來看靜止的花車，上頭坐滿端莊賢淑女子，蠟像造型，或彈古箏，或抱琵琶，全部一號表情。如果傳出半夜車上仙女突然開始舞動的謠言，我也不會太過訝異，可惜文教區走理性風，沒有這種公式化的鬼故事，而且也很沒創意。反倒聽聞同學講起，附近孩童常常爬到藝閣花車，對著那些假人做出猥褻動作，有次阿婆看到直說死囝仔實在五告夭壽。

大概也是這股文教與宮廟混搭的氣息，才會吸引我大老遠騎單車前來，而我能做的只是繞啊繞個不停。有次文教區內的一間宮廟正在籌備廟會，馬路全被布帆覆蓋，雙方路口全都進行封鎖。聽說這場遶境規模甚大，請水過火皆要舉辦，外縣市的私佛仔，也會前來助陣。消息一出，我們校內愛看廟會的孩子，下課單車雙載，直接衝了過來。我也跟風，避開熱門路線，從另外一個方向趕來，經由現場居民的交頭接耳，知道下午三點多神明就要出發了。

那個週三沒課的午後，我也在路上撞見下班的導師，他的打扮真是輕便，短褲短袖與拖鞋，牽著他的獨生女出來散步。他也出來看廟會嗎？不知他的家是哪一間。我看他們父女正好停在那台藝閣花車，機會教育，告訴女兒說眼前這些女子正在進行一場音樂演奏。

我不知道老師有沒有看到我，當時學校並不鼓勵學生課後在外鬼混，更何況我還穿著學校的運動服，超級顯眼，我且是班級幹部，簡直要在老師心中留下不好的印象。

然而正是老師小孩父女同框的畫面，我才發現這台花車根本不能隨香出去廟會，它早已變成一台尋常交通工具，只是上頭蠟像還沒拆除。仔細一看，那些蠟像之間的走道，堆滿許多農用器材，生出雜草，說不定有一天我們還會在縱貫線上不期而遇。

吉時已到，鞭炮傳來，另外一台健全的真正的藝閣花車排在第一，開路先鋒，這場遶境喧鬧一兩天是注定的，而天上持續施放看不見的白日煙火。我在這個齊整的文教區，在人群與車陣之間，繞過來又繞過去，最後還是繞回這台藝閣，一個人轉不停。

藝閣女子總共六位，操持國樂，不知這個動作僵硬多久：一個月，六個月，或者一年。大家都猜，這台藝閣很快會被改裝成為貨車，或者上面的蠟像，遲早拆去二手市集拍賣。但是故事往往不是這樣行進，它就這樣停了許多個年月，歷經許多風雨，經過數個夏季，什麼也沒改變。

那日我又騎車經過臨溪的聚落，當年宮廟紛紛關門大吉，當年的河景第一排，所謂的文教社區，早就人口外移。不可思議，這台藝閣花車還在，六位巧笑倩兮的國樂女子看上去更年輕了，而我那導師的女兒，掐指算算也是可以嫁人的年紀。

紅蜻蜓說

我讀小學五年級的時候，校園曾經短暫風行一種名為紋身貼紙的玩意。都說身體髮膚受之父母，以前看到他人身上的刺龍刺鳳，下意識地將它們畫到黑道流氓光譜的一端，但是眼前此物畢竟只是貼紙，記得當時文具行與大賣場，你能想到的圖鑑都能推出紋身產品，要貼哪裡就貼哪裡。

那天夜市就來了專賣紋身貼紙的攤位，因為它家貼紙造型都是昆蟲圖鑑，而且特大隻，一盞鹵素燈泡打在頂端，攤位瞬間秒引趨光而來的大人小孩。有人在搶大蝴蝶大瓢蟲大蚱蜢，手工特別細緻，好像一貼上去，就能賦予什麼特殊能力的原始圖騰。

我不知道買紋身貼紙算不算壞學生？當天喜孜孜帶隊人擠人搶貼紙的其實是我

們的母親。堂弟妹的年紀小，嬸嬸挑的都是可愛圖鑑，母親工廠在做電繡，她挑中的貼紙看起來超費工。大張二十，小張十塊，母親購物欲大爆發，她說不貼看水也很好啊，這是她工作一日的小確幸，再說現在這麼流行。

一回到家好像什麼實作體驗，客廳現場即刻端來一碗水，這又是什麼準備作法的大陣仗？母親是手作達人，水分掌握得宜，她總能貼得最準最正，畢竟一張貴桑桑，貼歪、糊掉那就害了。

那個晚上包括祖母在內，室內群聚將近十人。母親擔任主控，所有小孩列隊等她將所有昆蟲妥貼覆蓋，這又是什麼成年禮的私人儀式？叔嬸都在觀禮。看著自己的小孩高高舉起手臂——這裡一隻獨角獸、那裡一隻黑天牛。

我也跟風紋了一隻，雖然心中有所遲疑，心想這是壞小孩才喜歡的東西，可是全家上下玩在一起，母親果然發現我的顧忌，直說唉呦沒關係啦，你好驚死。但見更小的弟妹個個像是變身進化二點零，大人們嬉鬧著，說要拿去貼曾祖母，可惜她的皮膚最薄，要是連皮一起扯下來會出人命；不然送她一隻大螽斯，課本說螽斯也是一種吉祥物，感謝曾祖母辛苦生了這麼多孩子。最後我就在手腕內側紋了一隻花紋繁複的蜻蜓，因為異常立體鮮明，阿嬤看到就說這隻田嬰真神。這是一隻紅蜻蜓，突出的眼睛像是長在手腕上的一對複眼，而那透亮的薄翼也印得一清二楚，母親得意的說——水。

隔天早上，我們上學去了。升旗之際，很少說話的訓導主任突然登台，不知為何，劈頭罵起紋身貼紙，還說貼在身上，不三不四，即刻要求全部刷洗乾淨，黃色小帽的學生們，交頭接耳，不知眼前發生什麼事，但是擔任班長，剛好站在排頭的我嚇得雙腳會挫，難道是我們昨天的大動作引起學校關注嗎？那是初冬，我偷偷將手縮入袖口，深怕腕上的紅蜻蜓被看見，若是真的被抓到了，我該如何辯駁，這畢竟是母親送給我的祝福。

不知當天一同站在操場的堂弟堂妹，是不是和我一樣滿頭問號，站著直直發抖？我們今天各自佩戴蝴蝶與蜘蛛、蜜蜂與金龜，其中一個堂弟的蜘蛛超級大，被我們笑說是喇牙。訓導主任罵過來罵過去，卻講不出什麼道理，他好失態，而我只怕他靈機一動，要求老師進行服儀檢查。因為一些比較嚴格的老師，當場抓到幾位紋身男孩紋身女孩，而我腦袋想著，這些可是前晚母親的好手路，手腕的蜻蜓，是母親小心翼翼，沾水，撕紙，輕拍，一絲不苟，貼好貼滿。這是母力加持過的護身符。

那天上課，我的外套終日都不離身，中午趴著睡覺的時候，可以微微看到袖口內的蜻蜓暗影，好像牠也在說：我可以出來了嗎？而我心想不行不行。或許我該替牠取個名字，養在我的手腕，適時給我一臂之力。但是今天下課回家，我該怎麼告訴母親，她會不會衝到校找那什麼主任理論？還是晚上洗澡，自己默默刷洗乾淨？說不定日日忙得昏天暗地的母親早就忘記，忘記昨晚她曾送我一隻紅色的蜻蜓。

紅毛猩猩說

那年夏天我們跟隨鄉間義勇消防隊出遊，適逢颱風旺季，行前大家全都以為活動將會取消。我大概不期不待，而不期不待這種心情最難款待。

活動最後沒有取消，出發當日雨勢稍歇，天氣晦暗，當時我已讀高二，有了自己的手機，跟隨父母出遊有點彆扭，到底我還是來了，且全車都是同鄉壯丁和他們的家人。父親也是打火兄弟，只是很少前去拍火。那場旅遊終站要到島嶼南方一座樂園，抵達樂園之前，我並不知道整趟行程得在山區拜廟，而廟一間比一間蓋得險。

我們走的全是山路，連日豪雨，山區釀災，途中許多道路出示施工路牌，我們常常遇到道路封閉，雙向會車只剩單向車道，這邊停停，那邊停停。

第一站去的廟就在半山腰，這時天將暴雨，突然卸下的遊客紛紛躲到廟庭的加蓋。這座小宮廟看起來只是鐵屋，彷彿正在募款，大家下車，順便避雨，後來才知這是常見的一日遊的合作案，我們被帶來添香火，現場備妥一些熱湯，大家捧著白色保麗龍碗，各自找個角落開始喝了起來。我沒喝，一副格格不入的屁孩打扮，看起來就很討人厭的樣子。低頭忙著手機傳送簡訊給高中時期的友人，沿途即時播報途中荒謬場景，那是我的第一支手機，掌上型貝殼機，可以說是我當天的救命機。我開始焦躁怎會跟上這支隊伍，送出哭笑不得的表情符號。

離開半山腰的宮廟，結果供奉什麼神明也不知道，山路彎彎，這時車子回到幹道，聽說已經離開台南，接近高屏地段。不久開入另外一座建有牌坊、佔地驚人的大廟，大廟旁邊還有小廟，廟地山地合而為一，層層疊入雲峰之中。我們的遊覽車停妥之後，自由活動三十分鐘。颱風天的大廟宇，空蕩的大型停車場，我們不知要往哪裡走，走到哪裡都遇到同團的旅友。氣象報告颱風掃過巴士海峽，海上陸上警報隨時就要發布。

等到終於抵達南方樂園已是午後了，整個下午我們全在園區晃蕩，大家各自帶開。園區器材老舊，多數機關故障，樂園近乎停擺，加上颱風逼近，店舖通通沒開。大型遊樂設備乘坐人數不夠，一律開不成團。只有飛天小象持續起起降降，仔細一瞧才知根本沒有坐人。

當天僅存的記憶，竟是園區推出紅毛猩猩表演，歡迎大家一起合照。不知道是誰把我推給紅毛猩猩，我的手邊擁有一張照片，猩猩手臂與我搭肩，彷彿我們相當麻吉。這隻猩猩看起來有年紀，我不知道要不要笑，可是照片裡我有笑。

那也是我的身心狀況相當緊張的一段期間，十七歲的年紀，一心想要往外飛去，困守在校園、鄉下、家庭。我看什麼都不滿意，最討厭我自己。每天都在吐，每天結屎面。那照片中的我打扮中規中矩，可是整個人像是醃在瓶罐。頭髮抓刺蝟造型，滑板褲，白色踢，外搭一件黑色襯衫，學生模樣的look，背著肩帶長長的側包，以及一雙耐吉的平底鞋。我是怎麼穿搭怎麼嫌棄，後來我才知道，根本只是人的問題。

如果沒有那隻紅毛猩猩，我不會意識發現自己笑得多麼僵硬，高二之後我幾乎不能笑，永遠擔心自己的頭髮不夠翹，數位相機是我的敵人，因為我最怕拍照，而這項偉大發明可以拍個不停。這是什麼神奇的發明，現在還是讓我非常頭大。

其實根本沒人在意你。我只是不停放大自己的感受，誰都看不順眼，看自己最討厭。那天最後是紅毛猩猩自己把手搭了過來，天空飄著細雨，大家撐傘看猩猩與我對戲。我的心防漸漸卸除，感覺一道暖流襲上我的身與心。照顧猩猩的園區主人，表情極其誇張地說，小紅很喜歡你耶。謝謝。原來你叫小紅。

十七歲的我今天被小紅喜歡了。

涼水家族的退火

那間宮廟夏天兼做涼水生意，外觀透明的容器，一桶裝的是古早味紅茶冰，一桶裝的是退火青草茶，一桶賣的是酸梅楊桃湯。三桶涼水擁有不同的色澤，我們好像在上數學的容積課，仔細一看，外觀還真有刻度設計。我喜歡紅茶冰，家人都喝青草茶，酸梅楊桃湯剩最多，因為賣得不好，是我們眼中的暗黑大陸，常常懷疑根本從頭到尾都是同一桶。而且為何獨獨這桶叫湯，湯感覺是熱的。

攤位設在騎樓，顧攤的是一個阿婆，有時換成她的孫女。幾年以後，顧攤的是她的媳婦，阿婆坐在輪椅，孫女聽說去了外地，並且同時看見一名外籍看護。好像什麼大風吹遊戲。記得以前買涼的，可以直接看到他家神壇，宮廟主祀福德正神，案上同時陳列多尊神偶，這裡又是一間典型的客廳當神壇用的民厝。這種人神不分的生活方式，於我具有莫大的引力。或許建物本身空間有限，客廳沒有常見的沙發座椅，擺的都是小北百貨即能買的塑膠製海灘椅，顏色非常呆板，倒是其中一張畫得咪咪卯卯。大概店家有正讀幼兒園的小朋友吧，這是他們的傑作。

如此拼裝、想像而出這座宮廟家庭的成員圖像，我們其實知道阿婆兒子才是宮主，但他常出現一時，又消失一陣，至於到底去了哪裡，鄉民全都知情，只是像是什麼集體默契，完全不會提起。

宮廟緊臨外環道路，再過去就是台灣海峽。土地公也管海嗎？這樣設想好像不太禮貌，可是我有忍不住笑出來。土地公本來就管很大。

我常騎著單車前來買青草茶，夏天長長的海路，這裡的涼水都用透明塑膠袋裝，好大一包的青草茶，吸管直接套入，橡皮筋拴得好緊，如此一手喝著，一手騎車，滿面春風過完一個長長的夏。

涼水攤位旁邊有棵木棉大樹，有根電線桿，彼此相鄰，我不知道誰的年資比較久，那木棉樹據說像極天子出巡涼傘，得以招來好運，說完大家又說，可惜多了一根電線桿。

彷彿是我將離開海邊的某個暑假，聚落出現第一家的連鎖飲料舖，推出買五送一促銷活動，每天生意大排長龍。年輕人還很多的民國八十幾年，國民小學的註冊率也很高，很多事情你不用煩惱。夏天還沒結束，宮廟涼水舖幾乎被打倒，塑膠容器的體積退得極慢，而我的數學課來到更加困難的因式分解。

涼水舖奄奄一息。那個夏天宮廟突然辦起喪事，這讓生意徹徹底底不能做了。我常老遠騎車並不為了買喝的，只是好奇白事臨頭的神壇，客廳擺設是否會有巨大變動。

我也管得太多了吧，跟土地公一樣管好大。其中一次經過，剛好被家屬看到，以為我來買涼水，嚇得加快速度，風風火火騎了過去；這樣來回騎了多次，發現那些塑膠椅早已撤到騎樓，電視也在騎樓，客廳變成靈堂，現場鋪天蓋地降下一面金黃色大帷幕。很快我就確定，過世的不是阿婆，平常我在攤位看見的人，現在一個不少，全都黑衣打扮，連外籍看護都靜默齊在騎樓摺著蓮花。而我透過花圈題詞，得知過世的是一名老先生。我從沒看過，聽說送去讓人照顧很多年了。

喪禮發引不久，夏天終止，裝涼水的塑膠茶桶倒立曬在騎樓，沒想到從此就沒營業了。緊接著宮廟退火。那些神偶正在徵詢有緣信眾，歡迎各自呼請回家供奉。我覺得這件事很難言說，沒人要的神像怎麼處置呢。聽我同學講，涼水鋪的土地公沒在徵詢名單之內，要自己留下來呢。他家也是一間宮廟，他們已去請回一尊風火輪三太子。聽說現場最多的就是三太子。

這時故事走向，應該是神偶被棄置，網路不是常有落難神明的新聞？眼前我的版本比較普通，沒被請走那就繼續供奉，無法供奉的那就退火，剩下什麼就是什麼了。

再過不久，屋子大興土木。土水工人出出入入，我常騎車晃來看那工程進度，比土地公還要積極視察。原本的客廳已被淨空，可以看到店家主人在那談話。多麼明亮的一間客廳，正在漆上全新白漆，並且加裝時髦氣派氣密門窗，完全讓人看不出來，早前這裡是一間嬌小的宮廟。

原來是家中要娶媳婦，這個斯文的新郎我也沒有看過，好像年紀輕輕就出去外面打拚。阿婆居然還有一個這麼小的兒子？年近半百才要定下來。我在腦袋數數，消失的大兒子，被人顧的老先生，晚婚的新郎……這裡到底住著多少人？說不定連長棲多年的土地公都搞不清楚了。

白公雞定位系統

不知道那些白公雞後來全部去了哪裡。那年廟口進行隆重的犒賞兵馬，廟方抓來一隻白羽毛的大公雞，時任爐主的信眾，一手抓住雞腳，雞體因蜷縮而成一個倒三角形，我在一邊看著法師對著雞冠作法，極其俐落，割了一刀，一旁的工作人員遞來一只小碗，等到取了幾滴雞血，隨即放祂現場四處走動。

白公雞據說具有神力，不能隨意抓來燉煮，之於鄉民，這是常識，但我真心不捨那刀。看祂失魂落魄在人群雜沓而北管急絃直直落下的廟埕亂步，我常因此默默陪祂走一小段的路。

南國山區，一個提早放學的酬神日的午後，一名穿著制服的國小學生，我就這樣跟著白公雞這邊走那邊走，一路掛心祂會不會失血過多，最後昏死路邊；或者遭遇其他動物攻擊驅趕；或者就是神色茫然，不知要去哪裡；更怕被祂發現我在跟蹤。

這些畫面始終讓我揪心不已，白色公雞生來完成祂在人間職務，如今在我眼前的就是一隻被棄養的野家禽。以後連續幾天，我常騎著單車來到廟邊，只為追蹤公雞下落。但祂能夠走到哪呢？祂是否內建一個尋找善緣的導航系統，總有一天，會去遇見適合的人家，隱身雞群，以此過完一生的剩餘？

多年以後，突然想起不少擁有院子的民宅，他們家的宅埕角落，會有放養的雞群，偶爾混著一到兩隻的白色公雞，模樣看來相當老邁，可是羽色還很鮮明。或許最後祂們就是走到一戶有緣的屋厝，經由鄉民看顧，直至自然死去了吧。作為神明御用的白色公雞，在公雞而言這是一種榮譽；而那扶養卸任之後的神雞的家，更是一種天賜的福氣。

我家祖厝因與媽祖廟僅僅一牆之隔，以前到廟，都是抄自家小路，而連結祖厝與廟牆，恰恰設有一座荒廢至少三十年的雞寮。但見那既有的雞寮形體還很清楚，比如飼主用來出入的小門也有、一盞盞如同提燈的飼料槽座，東倒西歪。整座雞寮外觀雜草叢生，記得我們以前玩覓相找，膽子大的就是躲在這裡，這裡很安全。

那年暑假，我們鎮日窩在古厝，又是一次廟口犒賞兵馬的儀式。很快就被我們發現，嬸婆的雞寮，走來一隻體格豐滿的白羽公雞，走得歪哥七挫，沿路都在滴血，似乎會有生命危險。死掉一隻祭祀用的神雞，這個故事聽來多麼晦氣，讓我想起這些神雞，後來倒也全都歸欉赫赫，平平安安存活下來。

我們極其驚恐來到雞寮，偷看這隻白羽公雞一舉一動：你以為抵達我們古厝的這隻神雞，即將被無知天真的孩童餵養嗎？這是少年小說才有的敘事套路，人家公雞，也有自己的選擇。我們看了公雞，雞寮周邊，繞了一圈，拖著病體，大概覺得環境不佳。大白天的，突然之間，對天長鳴，這個畫面實在太過驚嚇。我們本來就沒出聲，這下倒是好像冒犯什麼天條，打擾神雞的隱私，而我從沒現場親耳聽到雞在尖叫，且是搖滾區的音量。叫完祂就搖搖晃晃，遠遠走去，全體孩童趕緊就地解散。

聽說以前白色公雞，曾經跑到大馬路上，快車慢車紛紛閃避，雞隻本身也嚇得振翅低低地飛。記得一次，拜訪親戚的家，他家也是一座小神壇，但見他家門口坐落一座鐵籠，關了一隻白雞，以為最近會有什麼謝土入厝的祭祀活動，提前找來一隻待用白雞。一問之下，才知是公雞自己走來相偎，家裡的小孩，把祂當成寵物養了下來。據說還給白色公雞取名，什麼小白、阿白、白白。從此每晚提早乖乖上床睡覺，只因天天都在期待黎明清晨的雞鳴。

至今雞鳴仍是我的天然鬧鐘，我所居住的舊式透天樓厝，屋後穩穩地坐落著無數傳統古厝。有時還會看到小學導師，帶隊前來踏查三合院一條龍，好像自己住在教育示範園區。常常我在凌晨四五點，被來源不明的雞鳴喚醒，那些雞鳴，不知是否出自某隻白羽神雞——白羽神雞的天然鬧鈴，祂要喚醒的不單單只是在地的鄉民，還有護守鄉里的千萬兵馬。

兵馬就要拔營，原來一日之始，我們就為福祉環繞，接著神清氣爽，張開眼睛。

晴天霹靂方法學

我的硬碟，有個名字叫做「布袋戲棚」的資料夾，過去十年，我在台灣採集戲棚的照片，沒有刻意，遇到就拍，也就使得這些材料，現在看來更像一種日記。這個看起來像是個民俗學的論題，我卻從中藉由天氣意象，去談一個關於框架、故事，以及作者論與讀者論等，涉及文學研究的基本觀念。

不知道，第一眼，你看到的是什麼呢？現在廟口做戲，還是常常可以看到布袋戲棚，它的架構本體，基本上是仰賴一台貨車，不能太大，不能太小，噸位都是差不多的，這樣移動比較方便。它的戲台，可以疊合、攤開，酬神結束之後，背板摺起來，操偶一般，車子發動就可以開走了。

我從小就坐不住，無法靜靜待在台下看完任何一齣，但我深深為這設計入魔著迷。我喜歡每個戲棚，清楚落印棚主的名字、這棚你的，那棚他的，喜歡他們較勁的感覺。嘉義鹿草余慈爺公廟，位置就在高鐵旁邊，每年夏天酬神，引來三百團布袋戲棚集體酬神的奇觀，這輩子一定要看一次；我也喜歡標記自己的所來之處：麥寮、水上、橋頭。每一棚都是有所來歷，從不掩飾自己的家門。

印象之中，七十年代之後的許多寫真史料，特別喜歡捕捉戲棚後台的故事，那些吊掛的戲偶，操偶人的日常生活，提供我們去理解台前台後的種種關聯。但最吸引我的還是它的佈景，那個風起雲湧，蓬萊仙島一般的山山水水，卷軸一般，可以快速滾動的「畫作」，曾經我和一位清秀的男同學，擠到台前，看起來像是入戲很深的鐵粉，其實我們正在討論：背景真的有在動嗎？

那個背景，恰恰提供我去想像一個故事與其「形式」、「載體」、「框架」乃至「類型」的關係。抽掉這些看似琅嬛福地、仙人洞府的場景氛圍，似乎前台搬演的故事也會瞬間崩毀，難以成立。

問題來了，故事總要替換，你一定看過七等生寫的《沙河悲歌》，那個歌團所以需要不停遷徙，其中一個理由，出於現實考量，只因一個劇本反覆上演，觀眾都會看膩。所以你的故事需要推陳出新，你要有新的本，而且最好是自己的東西。

但是布袋戲棚的背景，大抵而言都是一樣的，正是如此，前台故事，必然受到舞台侷限；或者反過來說，我們如何去提供一個可以乘載更多故事的布幕，什麼故事進來都能成立，什麼都能合情與合理。你要如何變造一個新的時空，讓人物生活其中，讓讀者也跟著一起住進去呢。這太有趣也太難了。

這裡至少出現兩個基本的問題，你可以繼承既有的模式，或者你也可以打掉重練，但是不管如何，不要忘記，棚架有其邊界，想像也有它的堤岸——不要忘記考慮車子的噸位。所以創作就是不停意識到自己的侷限，然後試著越過與越不過那個侷限。

而我對晴天霹靂，風雲變色，風起雲湧，天雷勾動地火，等字眼的想像，正是來自這片背景，所以它到底有沒有在動？

這時你的腦筋自己先動了一下，何不就讓大自然成為你的背景，不單單只是在廟口演出或者學校示範，我期待一台布袋戲棚的背景就是一片海，所以故事可以延伸到海；我期待背景就是家樂福，所以福祿壽三仙會完還可以大包小包去買年貨；我期待車子可以隨便走隨便停，讓合歡山的落雪真正成為天然的背景，故事可以旋身的幅度於是更廣更深。而路人可以是你的劇中人，路人也可以只是路人。

這樣的創作氛圍，我以為正是當代台灣正在建立一種理想的情境。這樣理想的情境，其實無關天氣的雨晴，無關八千里路雲和月，而布袋戲棚的仙境背景，持續狂奔，持續滾動。故事要風要雨，說風是雨，早就全都由你決定。

二、合境平安

歲次丙子的鬧熱

時間來到一九九六年，歲次丙子的鬧熱，地點是老家隔壁的庄頭廟媽祖宮。三年一科的天后香，上次遶境是我讀幼稚園大班，完全完全沒有印象，隱約記得廟會隊伍走過當時尚未加蓋的學校圍牆，我們圍兜兜打扮全被集體帶來看熱鬧，小舅公站在神轎顧盼自得，他的穿搭是上身赤裸，下身白色七分褲搭上龍虎裙，一眼就可辨認。

一九九六年，升上小學三年級，求學生涯最為關鍵的一年，簡單來說就是開竅。突然被賦予更多人物設定，也就得承受來自外在內在的更多壓力，日日覺得活得痛苦，在意成績、在意他人目光，父母反覆爭吵，終於知道二爺是誰，以及祖母的處境。我的眼睛漸漸看得清卻又看得更不清。

媽祖遶境是在春寒料峭的農曆三月，下學期開始了，我們即將更換班導，花甲歲數的老師告訴我們很快她要退休，我們可能是她最後一批帶完三年的學生。那個學期班上學生因此特別乖巧，鮮少惹她生氣，上課常像在聆聽慈祥祖母講話，我們很愛聽她憶起數十年來的教書生活，如同一門活生生的戰後偏鄉教育口述歷史。個個聽得目不轉睛，同時我們還在大還在長，形貌越來越鮮明。

我對這場媽祖香的記憶，實與學校不可分割，而關乎時間的焦慮終於抵達我的眼前——每天到校我都無法專心：知道即將到來的廟會正在倒數，教室內黑板邊寫著中華民國八十五年某月某日值日生；同時廟方已在出入鄉鎮的外圍道路，搭起了古式牌樓，告訴你今年歲次來到了丙子。

也是那年學校成立舞獅隊，並對中、高年級的學童招募義勇軍，他們常在大榕樹下敲鑼打鼓，班上許多家中經營宮廟的學童興奮不已，好幾次課上到一半跑出來看師傅教課。我家雖然沒有奉祀神明，也算半個宮廟小孩，可以區分各種陣頭的鼓點，也可以劃出家鄉宮廟的地理位置，更愛撕下超大開日曆紙在後方畫出廟會遶境的路線。

廟方籌備鬧熱的消息早在村落散開，街道紛紛接起紅色的平安燈，那個春天，日日我的生活充實豐富，奠定以後我對時間空間的特殊感知，也對感性理性的體會，而我並無察覺。我可以白天在學校精神百倍，晚上在廟口看宋江陣操練，更多時候兩股心情交織在我生我長的大內。原來在學校與在家中我是不一樣的兩個人。

夜間宋江操練固然迷人，但我時常天人交戰，我們家當時都看華視的八點檔，那些看似家庭倫理的鬥爭戲碼，背景實是一個個省外省內族群的融合故事，我被深深吸引。當年我們在追的叫做《第一世家》、《我的阿爸我的子》。宋江團練也在八點準時起鼓，所以我常趁著廣告時間，跑到廟口看看進度，然後待了五分鐘，又趕快跑回客廳追劇。我家就在廟的隔壁。

來看宋江團練成為那些日子夜間娛樂之一，廟邊店家生意增加一成。我是幾乎天天報到，好像也是其中一員，大概就是場務組助理的概念。其實年紀更小的時候，我們幾個堂兄弟姊妹組過一支幼兒宋江陣，當時為了製作一支逼真像樣的頭旗，全家動了起來：二爺去田裡砍麻竹，太粗了；母親從她的公司裁剪紅布；頭旗揮舞起來要有聲響，於是就到報紙攤位去買兩粒聖誕節沒賣完的紫色鈴鐺。最後整支隊伍帶到廟口嚇到正式團員，心想本鄉本土的宋江隊伍竟然也有二軍。

夜間廟口儼然成為大型健身空間，這些白天士農工商的青壯人口，晚上就來拿關刀拿長棍，活絡筋骨。其實也非無償演練，參與人士或者可以獲得一套值香限令的衣褲，以後還能拿來穿上工穿下田，或者贊助物資相互分享，有時規劃一場員工旅遊，替媽祖香科畫下完美句點。

準備熱鬧的時日，鄉內男丁大抵雲集於此，他們在可以清晰看見星斗點散的溪邊山區一塊廟地，箍一個大圓：對打、雙連箍、八卦、發彩、開斧、拜旗……貓貓狗狗與生人全部不能擅闖。

這些參與的人員，也有自己的家庭要顧，自己的作息，他們的家人偶爾會來場邊當啦啦隊，一旦請假缺席，就得有人頂替，否則陣式擺不出來。因而可以看到許多老一輩的也在一邊觀看，簡單來說就是候補，他們雙手交叉擺胸前，頗有前輩姿態。比如八叔公，常去幫忙拿個盾牌、長刀。跑得氣喘吁吁，落後好大一段，我們看到下巴都要掉下來，紛紛放慢速度。

看久就懂這些那些兵器隸屬於誰，以致後來我對這些鄉內壯丁的記憶方式，正是來自他們在宋江陣扮演的角色。他們住在哪裡、誰與誰是親戚、誰沒來要聯絡誰……這支隊伍引領我真正進入社區生活的精神內在，深刻去理解宋江陣的本質之一即是戍衛鄉里，每一種陣式都在向我展示交織著民俗與地理的人情世故。

印象中有個舞長刀的架式十足，他與雙刀的對打成為必看的表演，長刀乃是白鬚長者，雙刀卻是三十歲未到的青年，一老一少給人一種傳承美意。有一根兵器鮮少登場，長長的一根竹棍，力道拿捏非常難，我很少看見此君現身，網路一查知道它的名字叫做「丈二」，這名字太雅了，我們自動叫它隱藏版；我的父親與叔叔都在廟口，伯公七十幾歲跳不動，他也在現場幫忙喊聲，每次叔叔表演雙斧，他就負責揹來幾張符咒，替小叔點火，伯公早年同樣拿著雙斧，這是一種家族技藝的傳承，大家都說這對姪孫跳得真正好。

丙子年的媽祖香，讓我客廳廟口跑來跑去，滿頭大汗，時常挨罵，每個晚上不知在忙什麼。我也經常穿越正殿側殿，很少跑到廟後，因為那裡沒燈。側殿辦公小間懸掛一台電視，電視放著沒人在看，可惜播的不是華視。但也因此聽到關於遶境的各種庶務，誰又贊助什麼，即將邀請什麼陣頭，遶境路線的草擬……許多公告張貼在牆，因而知道那裡一間城隍廟，這裡一間福德正神，也有那清水祖師，佛祖媽，上帝爺，他們都將前來祝壽天上聖母。

一場廟會聚攏四散鄉間臂膀的諸多神祇，我才知道自己所生所長的土地，晨昏都有人在持香祝禱；我也因此知道平日在校的某某同學，原來他們的家是在開宮廟，不是不講，只是沒有機會講。有次不知哪尊神明遶境，一個愛追廟會的同班，特地老遠騎車前來熱鬧，那場廟會路線沒有經過他們庄頭，最後擠到我家騎樓，乾脆順道給他一支清香。那些血流滿面操操砍砍，現在想來簡直十八禁要打碼，而限制級的電子花車的舞女，常常只披一件大衣，裡面完全赤裸的畫面真正把我嚇壞。我第一次看見晃蕩的乳房，暗處的毛叢，同學與我都不知看或不看，實在太過驚慌，只好拿香對著裸女瘋狂膜拜。

時間越發逼近三月廿三，可以感覺整個村子都在蠢蠢欲動，溫溫的，只是沒有燒起大火。比如突然有塊拋荒草園被理成空地，大概準備拿來當作停車場；比如曾文溪埔地視野突然開闊，因為本年香科即將舉行請水，早已前來場勘。菜市場與糕餅店與金紙鋪產生連動效應，學校當然感染了這氣氛。曾經遶境當日剛好是上課日，顧及庄頭煙火鞭炮不會停止，以及學童下課的行路安危，所以吃完營養午餐之後就提早放學了。我們學校沒有設上香案，可是當天留在學校辦公的老師也都紛紛擠到門口，許多老師都是在地人，晚上家中也設流水宴席，我們廣邀外地老師，鼓勵他們下午要留下來，準備入夜來吃拜拜。

我想起一件事，當時學校徵收附近荒園，因此重新蓋了一座白牆，找來美術班的學生彩繪，那座白牆剛好是三年級的掃區，我們因此成為第一批看到壁畫成果的觀眾。畫的內容就是本鄉本土的廟會遶境，這也是小學美術課程的熱門題目，有個同學畫了一隻舞龍，龍身橫亙整面白牆，相當生動，卻因沒看過龍所以不知道有沒有腳；壁畫內容也有神轎也有乩童，乩童的身形相當矮小，肢體語言非常豐富，我發現畫面中的乩童全部都是小孩，心裡覺得非常寫實——我們班上許多同學下課都在教室學乩童踏七星步，桌椅全部挪開，只為了給他們一個滿滿的大平台。

那面畫有媽祖遶境的塗鴉，成為當時我們早上掃地的共同話題，我從不知道牆壁可以作畫，謹小慎微的我只會擔心畫錯是否一輩子敗筆遺留人間，那就笑死人了。參與作畫的學生來自我們小學的美術班，我們導師非常鼓勵我去報名，只有她認定我是一個會畫畫的人，我有一張畫著田園風光的作品，老師貼在牆上就是不拿下來，她說：我畫的鳥兒好像要從圖畫紙上飛了出來。天啊她的點評讓我好羞，而且我也覺得那鳥很怪，說服不了自己，她卻拚命要我畫下去。我讓那鳥從樹中越身而過，形成鳥的前身露出，中間消失，再露出長長的鳥尾。中間一段全部沒有，感覺就像卡在上面。一個時間的地點。

我們的老導師也很關心廟會進度。好奇同學家的流水席的桌次，誰家的王爺有沒有跟去進香。學校距離大廟很近，廟方一有廣播，我們聽得明明白白，大家的心早已跟著鳥群飛來飛去，功課越派越少。記得廟會遶境前天，不少家長來接小孩，順道開口邀請老師也要給她們請喔──老師人氣很高，我的祖母交代要替她盛邀，我說老師不會來啦。祖母的意思是，禮貌性地問一下，而我扭扭捏捏，教室內看其他同學好大方地力邀，儼然形成搶人大戰，我大概不喜歡搶，但我想要獨享，可是天底下沒這種代誌，於是自我安慰說反正吃拜拜又不是在跑攤，老師不會來。

遶境結束，那個晚上，果然車陣塞到連結外鎮的入口，水泥橋上停滿車輛，到處都是紅藍白色的布帆，搭在馬路，搭在空地，大家都在擠空間、擺桌子。我家從客廳擺到路邊，總共擺了九桌。那晚到處都是遊客與遊子，近的遠的親屬都回來了。

庄頭已經封住。這下反倒害怕看到老師出現，因而天色未暗，我就騎車在鄉視察各家準備的進度，三番兩頭繞到學校圍牆，確定老師的喜美轎車有無駛離，那就代表她下班回家了。我就這樣騎著單車，在失去既有形貌的庄頭，晃過來又晃過去，騎經一座又一座的紅藍白布帆，讓紅藍白顏色滾動式漸層式地打在我的身上。越騎越久，越騎越遠。

騎車途中，我就幻想：說不定當天就有返鄉遊子，找不到自己家的桌席，因為回家路線全被封死，你只能抄小路；或者送錯菜色大搞烏龍的故事，讓你家的龍蝦成為他家的魚翅；故鄉隆重地換上了另外一張表情，而我對錶看看時間，我家差不多也要開桌了。

天色全面暗了下來，紅藍白色的布帆持續蔓生，辦桌花朵一般地開了起來，一顆顆的鹵素光球也亮了起來。我正持續對著電線桿數數，沿著天上牽牽掛掛的平安紅燈籠亂騎，直至騎到最後也是最遠一顆的放光之處，騎到農曆三月的曾文溪河床地。那是鄉境的最外邊。告誡自己不可以再過去了，再過去就是興建之中、飛沙走石的福爾摩沙高速公路了。

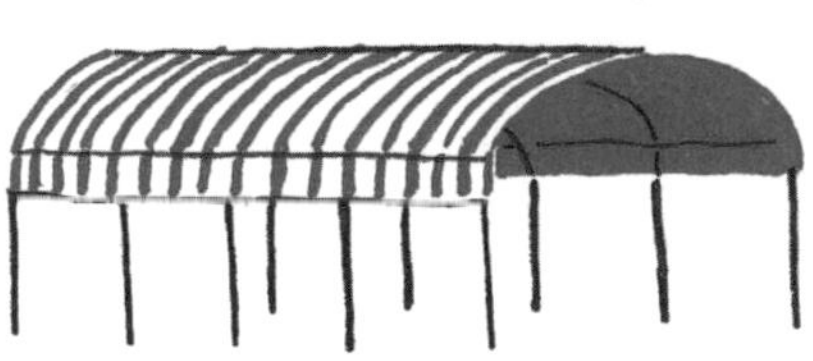

歲次己卯的鬧熱

時間來到歲次己卯的鬧熱，西元一九九九，二十世紀的最後一年。這年劇情緊鑼密鼓，先是鬧區臨時市場租期已屆，整座菜場複製貼上搬到距離原址數百公尺以外的空地，多數婆婆媽媽因為腳路退化，無法遠征新的市場，家庭伙食世代交替問題直接浮上檯面。接著即是農曆年後傳來媽祖遶境消息，大小會議挑燈進行，鑼鼓聲響夜夜伴我入夢，整座庄頭全都靜下來了，宋江陣很快成立，而大廟即將打掉重練，當時大家不知道的是，下一科香還得等上六年。

六年之間我也大變，至少容貌身體急速發育，我也完成小學教育。日子過得沒有喘息空間。己卯年這科香極盛大。從農曆年後喧鬧至端午節前，大家津津樂道長達數月。緊接而來九月的大地震與年底的曾祖母謝世。我們家族曾以曾祖母之名襄助廟慶，我承繼祖上先輩的庇蔭至今沒有停息。打開文獻史料，文史專家描述我們這族是世家門第，而我明白沿曾文溪水直至山區白堊地形，處處藏著我家有清一代大大小小的墳塋。

彷彿己卯那年集體趕路全是為了迎接新的世紀，離合與悲歡的重力加速度，鼓點一般撲簌簌地落在我的身體。於是看那一支隊伍在遶境。一支隊伍在送葬。一支隊伍在行軍。一支隊伍在拜票。一支隊伍交錯另一支隊伍。一支隊伍長出另一支隊伍。每支隊伍都有你的身影。有時若無其事不停亂入，有時獨自一人走一段路，一個人也可以是一支隊伍。

那年淚水特多，曾祖母守喪期間正在暮冬，姑婆哭到肝腸寸斷，那種哭法我沒見過，接近哀號，並且帶有唱念，而我不解其意。據說曾祖母最疼愛這個小女兒，民國五十年代，時常率領一干孫子徒步涉過曾文溪水，放下家務農務，只是要去協助姑婆家果園採收。姑婆曾經重病，曾祖母決意前去陪住，也不在乎他人目光，住到附近鄰里相熟，最後還被挽留。姑婆是年紀最長的勇氣媽媽，她的故事夾著淚水都在世紀末曾祖母的喪禮徹底釋放，而我站在騎樓看她從遠方匍匐而來，傻在原地不知如何應對，任由眼淚無端汩汩在流。

那年送葬與遶境隊伍同時交錯大馬路上，我身陷其中不停脫隊又不停跟上前去，兩支隊伍的前頭都有一台開路鼓車，藝閣花車，兩車替我開路，眼前畫面看來有點荒唐，讓人想起《新暫時停止呼吸》的吳君如，或者八十年代末的笑鬧國片《萬能公司》。世界為我開了兩條大道，背景是鑼鼓聲響鏗鏗鏘鏘，我要選擇哪一條路呢？多年之後細細回想，那是一個涉及創作論的起手姿勢。創作者要帶戲上場，下筆之前你已入戲，有時你會沒有察覺，只因創作已與你的生活不可分解。

故事也許還是要從宋江陣說起。

三年一科香，此刻又過三個歲次，一九九九。廟會管理方式越趨現代，這支隊伍同樣來自村內青壯男丁，老的少的再度同聚一刻。實則三年之內，離鄉而去的人並不算少，所以這支隊伍又新又舊，通常是：老的大抵繼續都留下來了，沒留下來可能是在三年之間身體出了差錯，而新血不停增補，世代交替與人口外移、老化的功課，具體而微地顯示在一支偏鄉山區宋江隊伍。曾經父親球隊幾名少年被找來湊陣，平日他們可以拿球棒可以拿兵器，正值十七八歲的年紀。而我深深擔心這支兵器總有一天傳到我的手上，這個無來由的憂慮，竟然讓我不快樂好幾年。雖然如此，我還是夜夜來看廟口操演，彷彿只是為了見習日後終將成為團體一員，我在超前部署，提前暖身，只是那時我心不願也不想，執拗地住在自己布置的幻想，而身邊沒人前來替我喊卡。

歲次己卯的鬧熱，四散而去的男兒紛紛歸回這支隊伍，他們各就各位，儼然是完結篇才有的大陣仗。幾乎整個小學六年，我也在適應如何身處大團體與小團體，至今還在練習。我確實從小出沒在各種大陣仗：祭祀隊伍、蜘蛛絲般的族譜。然大陣仗也有小細節。我常貪戀那細節，比如尾隨一隻祭祀用的白公雞、檀香燒出的灰燼這次出現什麼圖案、同時點燃的三炷清香比誰燒得快誰燒得慢。一九九九年的最後邊境，固定吹起三月的媽祖風媽祖雨，而我抓不著風也抓不到雨，神經兮兮尾隨信眾步行路上，穿著剛剛上市的黃色輕便雨衣。我轉大人轉得多麼辛苦，守著身體的各種秘密，藏身在各種鬧熱的場所，沉浸在鄉境最後的狂歡。

己卯那年，我也將臨小學畢業，益發意識到活得好不自在，青春期的第一關是要我離開原生的故鄉，通勤去念外地的教會學校，而我心有不願卻也不想留在原地。過度在意他人目光，在意是否受到喜愛而患得患失。父母爭吵同樣夜夜伴我入夢，二爺回到他的原生老家……外在世界變動真大，家庭內務也在對我進行魔考。我什麼都顧慮到了，就是忘記傾聽內在的聲音，換來的是成績崩壞，國語生字簿每天都會出現粗心的錯字。我曾認真測驗自己的眼力，每寫完一段，就著生字簿一格一格檢視，然後放心交出作業，最後總會出現意料之外的疏失。學期結束，導師在我的成績單上勉語要我心勿躁動。她是第一個提醒我不能急的人，但是我在趕路，我們全家都在趕進度，前方隊伍行過三個路口，二十世紀就要結束。

幾乎可以一整天只在乎一件不重要的事，期待一個無心的眼神，而我不停將它擴大詮釋。我在意一切就是不在乎自己，或者我太在乎自己因而一切任由我來定義。其實早有跡象：比如在失去規範而提早入學的小學生隊伍，因著按照年紀排序，於是意外成為男生的最後一號，我的下一位是個年紀整整大我一歲的女同學。我們前往保健室的隊伍排得曲曲折折，許多女生忍不住走到我的前頭，或者是我落到女生之中，一起嘻笑打罵——新世紀的強風吹來，曾文溪岸的飛沙走石抵達你的眼前。

就在那年突然開始創作，讓我找到平衡，它像是筆試與術科之外意外暗藏的能力，不寫可能我會變壞。我寫得遮遮掩掩，好像作品是違禁品，寫的故事都是電視看來的通俗情節，奇幻與現實的結合，至今全部藏在書櫃的暗箱，暗箱內的紙盒，紙盒中的牛皮紙袋。離合與悲歡的焦慮，終至沉積成為七大本的活頁筆記，內心意識如同故鄉曾文溪岸的化石岩壁，老師說你可以看到水流切割的痕跡，以此遙想當年地殼的變形與推擠。

這就想起一件更為荒唐的事。小五那年，聽說六年級的自然課，其中一個主題，老師帶領學生前去曾文溪邊觀察河川流域。這種實作課程當年極少，加上又在自己家鄉，我從五年級就開始熱切期待，學校也樂見其成。未料很快我就聽聞學長姐說，記得要騎自己的腳踏車，立刻我的心情沉重起來。我開始擔心自己當時的黑色越野車，之後牽到學校會被同學取笑，於是想盡各種理由希望父母為我購入一台全新的變速車，父母親真的順我的要求，這車也真的很帥，其實我並不在乎那車，平時能騎就好，甚至我更願意徒步，我在意的是外象與數字與畫面，而結局是那年自然課踏查因故提前取消，我的精打細算全部付諸水流。所以我很需要閱讀與書寫，進入一種更為深層的心靈探索，一層翻過一層，故事中還有故事，以此讓文學土壤肥沃，野草任它蔓生。而我對野草沒有興趣，比較想要種出果實，或者一棵強壯的樹。

那年遶境對我來說都在倒數計時。宋江陣的大男孩換成嶄新面孔，正是春風少年、洋洋得意的年紀。依照往年模式，我依然勤奮出現在廟的側殿，等待八點的整隊、集合與起鼓；同時很快能夠指認誰是誰家兒子，如同管理委員會的特聘秘書。我們的媽祖廟並不算大，我常在操練空檔，獨自逛遍廟身各個角落，熟讀光明燈牆上的姓名，並且一秒找出自己的那盞小燈，默念上下左右各是住著什麼人。

遶境當天宋江陣是不與隊伍同行的，這是鄉間流行多年的律則，主要是遶境隊伍有他的路線，而宋江陣則需把握時間，逐一答謝香科期間提供贊助的各路人家，包括每個參與成員的居所，並且進行簡單的參拜儀式，若是超大金主，自然也要開個雙斧或者舞個長棍。那年鄉科，我就騎車隨著宋江陣逡巡不同聚落。宋江陣最後回到鄰近大廟的路口，排成兩行，中間隔出一條大道，所有進廟參拜的神轎與陣頭，都得先在此地接受宋江的接迎。我特地跑到三樓陽台，這是我的貴賓席，居高臨下看著神明在我腳下走過，這似乎不太對勁，於是又衝到一樓，我想我是太興奮了，整個人不知道在忙什麼。

己卯遶境的香科，曾祖母還健在，辦桌那晚許多親戚都回來了，然那時曾祖母長期臥床，自然沒法出來參與，三年前的丙子香她也沒有出來，聽力受損的她住在自己的時區，如今慢慢睡到一樓，外面世界如何轟鬧鬧，畢竟與她毫無相干。那晚一名常居北部的孫女，突然想起家中的老阿嬤，於是大家湧入一樓將睡夢中的她搖醒，那時不過九點鐘，辦桌還沒散去，正是搶倒菜尾、互道再會的晚宴高潮，遠方一直有場高空煙火秀。我也跟著擠入曾祖母的房宮，看她搖搖晃晃從眠夢之中清醒過來，身邊圍著過去十數年一一遠嫁而去的七八個孫女，以及僅存的一名女兒。喔是姑婆率隊進來的，她一直掛記今晚沒煮，大家都忙，行動不便的老母親要吃些什麼。

各家親友陸續散去的大馬路，到處傳來收拾圓桌與鐵椅的聲響，只有剩下零星的酒攤，廟口的歌舞還在喧鬧。封街正在結束，小客車可以在路上跑了。當晚我有點不捨得閉眼，心不甘情不願，下次見到這番場面，還要再等幾年呢？當時我的房間緊鄰大路，且是單人房間，能夠清楚聽見外面動靜。隔天，我在一場春雨之中轉醒，聽見樓下騎樓人聲雜沓，原是一名年輕的宋江男兒就要離鄉。怎麼這麼快。大家這樣問他。媽祖遶境結束，隨即返北回到工作崗位。那些從小與我一起玩樂的大哥哥，紛紛離開曾文溪邊的故鄉了。那年輕男兒向著正值中年的父親分享他的婚訊，似乎可以聽見樓下傳來的祝福。樓下交談斷斷續續傳了上來，我的小學畢業，以及曾祖母的過世，全在對我倒數，這時我又開始振筆疾書，在己卯遶境的隔日快快寫下對於現狀的種種不適。

而我恍恍惚惚，學習從這龐大複雜的故事找到架構，站穩身姿。我們家族少有離異婚姻，恩愛佳偶更是不在少數。曾祖父母恐怕是最恩愛的一對，殖民地時期他們就有逃出三合院的氣魄，雖然只是住在離家不遠的一間小屋，搭建獨屬他們的兩人世界。祖母與二爺的怪誕結合，後來我想自己大概是第一代的多元成家。我的父母則是來自破碎家庭，他們勉力為我們兄弟撐出一個完整的家，這已是特技。然而我確實活在父母長期爭執的陰影，那時的我只懂哭泣，現在的我懂得分析。他們也只是需要一顆離開的鏡頭，如同離鄉而去的宋江少年，後來去到島嶼四處建立自己的家業，我們堅信只要離開這個偏鄉山區就有機會。祖父年少時期不正打算外出打拚，護子心切的曾祖母為了將他留在身邊，萬不得已只好來到曾文溪邊當起苦力；而父親終其一生留守這座村莊，以此建立自己的價值體系，這只是硬撐，父親五十多歲早退，母親則是做到病倒，他們都是不快樂的做工人。也許深知當人辛勞的難為，父母親從來不會過問我的生涯規劃，生長在極愛比較的村子，任我無業遊民念到碩博士三十幾還沒安定下來，他們給予我的完全的自由，根源正是出自他們的生命經驗，他們留給我最大的財富就是放我狠狠去飛，有事沒事，不要回頭。

歲次丁丑的鬧熱

時間回到一九九七年，歲次丁丑的媽祖熱鬧，我們把場景移置台南官田的外婆家。我會想起這場鬧熱，主要是意外在網路瀏覽到了當年廟會的錄像，昔日聚落的容顏再度回到我的眼前，為此我放下手邊所有工作，仔仔細細看了起來。

不同於父系家族依廟而生，母親家族雖也拿香拜拜，卻與廟務相當疏遠，所以我對那場廟會的印象相當稀薄。但直覺提醒我應該耐心去看，設若遶境全程皆有錄影，那麼這支隊伍將會走過外公外婆的家。

影像距今已經二十多年，對照今日，可以發現聚落輪廓沒有太多改變，起了一些高的樓厝，馬路沒有拓寬，從小每個禮拜陪同母親回訪娘家的我，對於這迷你的庄頭有著相當複雜的情愫。這大路這小路我已走得相當通透。

鏡頭漸漸來到外婆家的產業路，電腦桌前的我就像是隨香信眾，跟著媽祖神轎與宋江陣頭款款向前，我的視線就是攝影的視線，眼前看出去的街景並沒多大改變。可以發現畫面兩側盡是鬥鬧熱的鄉民，人車壅塞村路，這裡有在地居民，也有回鄉熱鬧的遊子，自然也有來看熱鬧的外地人——那是騎摩托車還不用戴安全帽的年代。

我將螢幕放大，知道畫面快要拍到我的外婆家，這時鏡頭帶出熟悉的三合院，看見移到路邊的香案，照理家中長輩都要要持香迎接。同時我先認出了厝邊的鄰居，也認出一些近年未見的親戚，母親口中的堂哥堂姊，卻沒看到理當站在門口的外公外婆。

鏡頭快速掃過熟悉的偌大的院埕，這裡搭起布帆，擺滿酒席，我一秒想起當年廟會是在中午遶境，而流水席也是請在中午，難怪人潮這麼洶湧。這時我又放慢播放速度，倒帶重新回到剛剛經過三合院的那顆鏡頭，仔仔細細，再看一遍，這次我就突然發現站在牆邊的母親，以及踩在盆栽，雙手撐在紅磚牆垣的自己。

無意撞見自己的小時候，老實說我有被嚇到，按耐不住心中雀躍，趕緊將連結貼給家人分享，開始確認站在門口的這人那人是誰，明確給出幾分幾秒，不諳機器操作的母親還是說什麼都沒見。畫面之中我們靠得很近，母親正值貌美年紀，我念小學四年級。那晚我們就著一秒兩秒，反覆討論二十年前的那次香科。實在感激上傳影像的主人，想必也是我們的同鄉人吧。

那場廟會記憶所繫都與廟會本身無關，津津樂道都是當年全村中午宴客，整座庄頭都在發燙的感覺，不知自己在嗨什麼但是非常開心。辦桌與遶境同時進行會造成動線大亂，有人忙著要看熱鬧，有人忙著招呼客人，或者有人乾脆捧著碗筷擠到路邊，結果桌面完全不見人影。經驗法則告訴你，辦桌的時候，主人家只能吃菜尾，多數時間你都在忙進忙出，難怪沒有看到外公外婆。

我是半個主人家，那場正午的盛宴，我都這邊跑那邊玩，根本沒有印象跟誰同桌，這也是認識娘家親戚網絡的大好時機，以桌次為核心，一桌一桌去廓清外公外婆的人際網絡，然而鄉下厝邊也是親戚，彼此宴客名單又會相互重疊，畢竟吃拜拜不用紅包，大家開心就好。

正是如此，桌次預估頗為困難，我們一家四口較好打發，爆桌不吃也沒關係，可打游擊。記得外婆特地去電大內老家，邀請祖母與二爺來紅洽——乎阮請。這是親家母與親家母的世紀對話，我就站在旁邊跟聽，但這通電話說完還是不知要或不要。客氣來客氣去的，聽得我的心很累。

日光打在紅藍白布帆，折射而下的光影落在紅記記的桌聲，黑眼瓜子與香吉士，歪斜塞著粉色紙巾的玻璃杯。沒人知道什麼時間開桌，大家走來走去，在這發著高燒的庄頭，從不間斷的白日煙火，陣頭自帶的鑼鼓聲繼續敲打，我們都大聲說話卻又忘記說了什麼。聽說媽祖神轎要過，群眾紛紛起桌靠向前去。所以才有這顆母親與我亂入的珍貴鏡頭。

那個盛午的流水席吃得手忙腳亂，印象最深的是二爺居然來了。我還特地跑去通知母親，大喊阿公來了。從沒想過二爺會出現在母親的娘家，他上次前來應該是來替父親提親，以及母親結婚的時候吧。現場包括外公外婆在內，我們全部嚇了好大一跳，於是趕緊過去招呼。二爺一人前來，也找不到熟識的人，以致不知安插哪個座位，我又沒有跟著陪坐，覺得很難為心更累。印象中二爺只吃幾道菜，作為親家代表，禮數有到之後很快就先離開了。

不同於通透父系家族的來龍去脈，我對母系的故事不夠親，主要是母親也對自身的故事不親，然而與父親家族相似的是，這裡也是一個大家族，外公的大排行最小，是大家口中的十三叔。排行最小，也就不太多話，安安靜靜領取兄長指令辦事。母親同樣有著數量龐大的堂兄姊，但她只是一名完成高職學業，早早北漂去加工廠上班、脫離原生家庭的鄉村妹仔。在這突然聚攏所有枝葉的三合院埕，沒有一人與我有關，太不熟了，坐都坐不住。

當時大舅應該還在服刑，小舅可能有在現場，邀來自己的同事與友人，尚未失業，我跟他們的互動更是近乎於零。想想母親其實來自不太快樂的家庭，如此龐大的人際網絡造就她練達通透的交際能力，但她也許只想要一個簡單的家庭。以後的人生，她能撐出自己像樣的姿勢，給我們兄弟完整的教育，想來於我已是大恩。

所以我只能這邊玩那邊跑，張大雙眼，用力去看。或者乾脆離開院埕，隨著遶境隊伍四處走走看看，車輛正午這時幾乎不敢開進庄內，能進來的都是機動型的腳踏車與摩托車，整個村莊形同封鎖。而根據這支影片所見，全部停在聯外道路，許多休耕田地成為臨時的停車場。

那場拜拜從中午吃到晚上，這邊散客那邊開桌，原來也有人家選在晚上宴客，父親提前離席前去探訪住在鹽分地帶的友人，只剩母親與我繼續留在賓客散步的戶埕，路上遶境隊伍還在行進，斷斷續續，因而你也分不清這客人究竟走了沒有。有時她還在庄內看熱鬧，有時她則是留下來敘舊喝茶，白天的高空煙火最是讓人空惘，我抬頭看不見星散的煙花，可是明確聽到轟轟炸了好大一響。

許多難忘的陣頭迎面而來：十二婆姐、踩高蹺、鬥牛陣，以及現在少見的素蘭要出嫁。比起操操跳跳的乩童，這些藝陣更是吸睛。然而廟會現場也在訓練我的小膽，我從小怕鞭炮，怕八家將，怕官將首，所以能繞就繞。如果從一個空拍的角度，嘗試定位我的行蹤，我的路線絕對呈現奇怪的迴路，看不出到底要去哪裡。

沒有要去哪裡，可是聽說廟會高潮之一是時任台北市長的阿扁要回香參拜，阿扁原來是在地人，廟前的兩座石獅即是由他寄付，這位市長幾年之後將會爬得更高，這個庄頭將會湧進更多民眾。那個下午的街道如同文火在燒，人群稍微減退，但是隨時可以閃燃，母親與她的父母正在整理各種菜尾，聽到廟口廣播說市長已經回來，鼓勵我去看個熱鬧。

我就真的衝去媽祖廟前，現場已經築起人牆，如同倒風內海的潮漲把我往前推移又往後推擠。其實我的本土意識是自帶自備，可那年奮不顧身要跟市長握手也是真的，而我因身形矮小，又很會鑽，結果真的被我握到了。我也不知自己在嗨什麼，拔腿狂奔回去炫耀，正在忙著處理菜尾的一家人也都沾染了快樂。不知為何大家全都相信了，他們又沒看到。

天色漸漸暗了下來，因著廟會，街上全都結上長長的紅燈，紅燈所到之處，處處都有香案酒席。劇情已經截然不同，我的心情仍在亢奮之中。實則媽祖生都在農曆三月，換算學校的行事曆就是下學期，難怪從小我總感覺下學期特別熱鬧，若再加上南部沿海興盛的王爺信仰，由春到夏，我們幾乎按月都在趕廟會吃拜拜。這也是我感知時間的方式吧。體現在我的作品自然無法太守規矩。我是個亂中有序的人，永遠能夠判斷來客是不是自己人，所以我當招待儐相門房很合適。民國八十六年的春天我正讀小學四下，我的成績很好，第一次拿到作文獎，連母親節賀卡的美勞作業都被張貼在公告欄，記得那張卡片貼黏母親與我的合照，大概以圖取勝，所以獲得青睞。歲次丁丑的遶境已經距離很遠，那時沒有相機，否則早就打卡直播傳來傳去，再說現在鬧熱恐怕也找不到這麼多人了。

那晚父親轎車無法開入，我們母子先與父親電話相約，要在庄外的平交道會合。我們徒步走出這個鬧熱封鎖的庄頭，沿著村路，廟方早早就在半空中串連起了紅色燈籠，結界一般給予村民燈照。上頭有書法字，國泰民安風調雨順。我也看到許多打扮華麗的女子，牽著自己的小孩，猜想是遠嫁出去的在地女兒，她們說不定從前都念同一所小學。

母親與我來到外圍道路，這下悲劇才要到來，現場交通大亂，人車都在路面對峙，那車的車燈打著這車的車燈，到處都是雜沓的黑影。我們根本不知父親的墨綠豐田身陷何處，而路邊廢棄的台糖鐵軌已成臨時步道。所有的遊子香客全都摸黑踮著腳尖，所有的遊子香客歪過來歪過去。那晚我們母子扶著彼此，母親以後老了，我也是這樣扶著她吧？一路辨識車牌，走得小心翼翼，直至走到聚落邊界，走到人群漸稀，過了墳場，走到最後一顆吉燈放光高掛的地方。母親說，再走過去，就是只有停靠區間車的拔仔林火車站了。

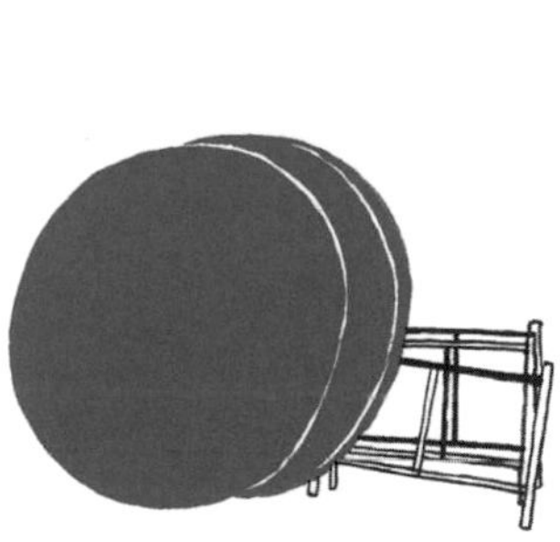

歲次庚辰的鬧熱

父親開著新買的豐田轎車，在一個春天剛到的週日早晨，載著我們兄弟回到了官田外婆家。

這樣的組合，這樣的早上，聽說麻豆的五王廟在遶境，於是我們三人熱噗噗要去看熱鬧。

然而只是聽說，我們根本不知廟會隊伍走到哪裡，可是追廟會的樂趣也在這裡。四處晃四處撈，我們三人會不時抬頭注意煙火施燃的位置，白天煙火沒人能夠看清，只好用力去聽炸開的方向，在吸吐之間全是節慶氣息的麻豆街上，猜想隊伍目前行走的進度。

我們並不擔心找不到騎馬的王爺、蜈蚣陣、轎班與乩童，倒是擔心開車不好出入，加上車子剛剛新牽。記得當年我們開到哪都小心翼翼，正是父親意氣風發的年紀。好像是我冒出一句外婆家有台歐兜賣，不知有沒有壞，沒想到爸爸真的順從我的說法，索性將車開回母親的娘家。

這樣的日子，母親沒有回來，該在的外婆沒見身影，反倒外公在家。母親時常假日都在上班，週休二日的實施於她毫無干係，她是沒暝沒日拚命在做。外公則在高雄的補教業工作，中年二度就業，趕上升學主義最為狂飆的年代，補教業做到可以提供三餐與住宿，通常他在週六晚間回家，週日晚間再從南部小鎮搭乘夜間莒光號南下。

我們就在一個沒有母親同回的早晨，跑到娘家說要借一台摩托車。包括外公在內都不知道車子是否能夠發動，但他很快找出鑰匙，接著真的從倉庫牽出一台黑色的雅瑪哈，大家這時集體想到，車子應該沒有油了。

車的主人應該是已經離家工作的小舅，也可能是仍在服刑的大舅，外婆不會騎車，生活過得輕簡。我之所以知道這台機車，可能先前陪著母親探視外婆的假日，嚷著無聊想要出去兜風，母親提過有台機車，但也只是輕輕說起，沒有想過重新發動。

母親並未跟著回來的娘家，讓我連進去廚房開冰箱的勇氣也無，切身感覺自己像個外人，眼前一切突然相當生疏。或者是我感到大人之間的生疏，我還真的很少關於父親與外公對話的記憶，此刻我們只能繞著一台機車找話來講。在這距離麻豆不過十分車程的菱村，週日清新的空氣，我已恍惚聽見公里遠外的炮炸，恍惚聞到遠處新開的柚香。

不久父親開車買回一桶機油，現場練習發動這台老車，其實我們三人真是膽大，機車久未出行，也不害怕要是壞在路上怎麼辦才好，而我們僅僅試了兩三分鐘，車子就啟動了，我的心情放鬆起來，想像之後回到娘家，也有一台機車可以去市街了。我們就在外公的目送之下，騎著一台搖搖晃晃的老雅瑪哈，從官田穿街走巷要去麻豆看熱鬧。

父親念的是曾文農工，就在麻豆代天府的前面，而我呢，幾年之後我也會在麻豆就學，淤積的港口系統與堅定的王爺信仰，我將去的地方卻是一所教會學校。我們行走在各自的麻豆地圖，路線疊合疊合又歧出。我想說的麻豆故事很龐雜很細緻，猜想最好的表現方式就是住下來。

其實我們常從外婆家出發去麻豆，也去佳里、七股與北門，這樣的路線也是母親少女時代的時髦路線，麻豆是現代想像的根源，她常說搭乘台糖的小火車可以到麻豆，去麻豆街上探視姑表姨表，出嫁的新娘打扮也是在麻豆辦妥。外婆是麻豆女子，戰後初期的培文國校女學童，可惜沒有完成學業，最是擅長撰寫文章，交錯讀著日文與國語。外婆很少出門，平日獨居在家製作手工，只是許多生活事項仍需外出，醫療藥物的採買更是迫切。她於是請託鄰人，或者搭乘便車，一直一直麻煩他人。她的兩個兒子都不在身邊，作為女婿的父親儼然半子，記得父親買了新車之後，時常來載外婆前去麻豆看診，拜訪親人，或者找遍各間五金行，單純為了要買一個白鐵的鍋爐。這樣的日子，過得並不方便。

這年，一九九七，歲次丁丑的鬧熱，我們父子三人騎上一台破車，春風得意在麻豆街上懶懶蛇，我們以為夠灑脫，真的就是轉來轉去，這才發現遶境隊伍太長，騎到哪裡都可以看到一小部分，尤其是行動緩慢的百足真人蜈蚣陣，我們有時在這路口看到中間段，有時在那轉角看見蜈蚣尾，我覺得自己其實在玩道路遊戲，結果最後還是被困在剛落成的新的菜市場。困住的感覺很糟，陣頭與我的距離很近，我只能趴在儀表板上躲炮，最怕與八家將四目交接因為我會秒哭。

時間不妨往前再推三年，我們也來追過麻豆香，那是一九九四吧。母親當天有放假，她獨自帶我來看蜈蚣陣，上面古人裝扮的孩童恰恰與我年紀相仿，差不多就是小學一二年級，也有更小的，坐在上面歪身倒頭睡整路，很可愛很吸睛；或者全家擠在老街騎樓看操童乩，我們總被人群擠到一條只能行走機車的窄巷，這時母親熟門熟路帶我四處亂逛，脫離人潮湧現的大路，依著記憶說著這是哪個阿姑的家。我們母子在麻豆橫衝直撞，印象很深，那年有支宋江陣，突然脫離行進中的隊伍，直直闖入一間新蓋的透天厝，大樓很新，門窗還沒裝上，氣氛相當凝重，圍觀群眾猜測他們大概是要去鬧一鬧。他們且在大樓之內大放鞭炮，炸得整棟屋子都在搖晃。這個畫面給我很大的震撼。從那之後，但凡看見太新而無人的樓厝，或者正在施工中的建案，總會想到當天強勢進攻的陣頭，不管空屋是多麼明亮，地段多麼精華。

想起父親初牽新車頭幾年，假日的時候，我常隨他四處拜訪友人，一有空就出門，通常假日母親仍在上班，剛升國一的大哥要上暑期輔導，我因此成為他最好的旅伴。我們常去海埔、埤頭、港尾，那些地名聽來彷彿可以看見蘆葦芒草，撥開就會撞見一片悠久的海。更多時候我們只是打轉再打轉，那樣自在的父子自駕，說是逃離並不準確，只能說是日常的換氣，我們都愛熱鬧卻也愛獨處，車體內的父子各有各的關注。

往後再推三年，那麼就是二〇〇〇的麻豆香，歲次庚辰的鬧熱，這年政黨輪替，氣氛完全不同。我已是負笈麻豆的一年級中學生，當年我執意握手的市長成為總統。記得廟會當天，先是搭乘校車回到大內，未料父親已經準備出門，於是趕緊換上便服，隨即坐上父親的車子，加上母親與我三人，跟著夜色一起抵達燈亮的麻豆街上。我們車子停得超遠，步行來到十字大街，因為班上許多家住在地的同學，青春期的我，這時除了怕炮更怕被認出。那些同學家裡都有請客，當年我們新到的導師住宿，被很多家長盛邀前去吃拜拜。我們也來吃拜拜，去吃父親那家住麻豆的高職同窗。父親、大哥與我全在麻豆就讀，以此張開各自的人際網絡極其繁複。喔，這文旦小鎮實在揪緊我的心思，每次重返我都深深呼吸，像在練習閉氣沉入昔日的倒風海域。

麻豆香規模大，神轎百頂，每尊神明都有自己的號碼。那次我們看到夜間遶境，武轎的光柱，霓虹與乾冰，以及白衣少年的小法仔隊伍，那唱念的詞文我雖不解，可是男性嗓音疊合而成的音頻卻在我的心頭不停低迴，那喉結、那頸紋、那齊整的吟唱，以致後來我在草屯囝仔的專輯聽見融入小法仔的流行音樂異常激動。誰能唱出生命底層的湧動呢，我可以感覺一股書寫的量能始終困在我的內在，隨時就要徹徹底底的釋放。夜間遶境另有風情，讓我想到麻豆早年也有元宵迎暗藝的傳統。

好幾年前，因為蒐集新書資料，騎著機車在麻豆跟著各家陣頭四處拍照，同樣先回到外婆家，那時小舅病中，終於回到他的原生老家，母親與我常常回來探望。小舅罹患的是恐怖的血液病，一年之後他就走了，可那最後一年很珍貴，他將發現家裡有個與他一樣酷愛文學的台灣青年；而我也將明白自身的所來所去，其實早有脈絡可循，我們姪孫兩人以文學重新接上了線，卻來不及交換更多的意見。外婆常說，小舅治療這年，蒐集我的創作，他一定很驚喜吧。那次麻豆舉辦迎暗藝，我應該主動邀請在家養病的他，可我的顧慮太多，他也不好意思開口，機車油門一催落荒而逃。大概我還無法跟家人談論自己的寫作，而他也無法跟我談論他的重病。

時間暫且拉回歲次丁丑，一九九七的鬧熱，這年，我們父子最後好不容易鑽出一條車縫，又不停被亂入遶境隊伍，騎到哪裡都會遇到廟會，這是王爺故事的地圖學了。沒有手機的年代，母親正在工廠做什麼？車行兩邊盡是文旦園的鄉路，文旦園好整潔，紅白文旦，低低矮矮。那時沒戴安全帽不會被抓，柚香清新，南部季候風吹著，可以感覺這是來自海邊的風，而我們正往台灣海峽前進，或者此地本來就是一片古老的故事海。我們父子越騎越快，海風、海湧越來越勁。

歲次乙酉的鬧熱

關於封街，這裡指的是廟會鬧熱過後的全鄉流水席。封街初次記憶大概是在國民小學三年級，民國八十四年，歲次乙亥。一個等待放學的自習時間，教室成了舞台，二十幾個學生與女導師，我們各自專心整理包包，老師也在整理包包，剛剛完成打掃，拖完了地，還有一點濕，學生走路全都踮著腳尖。我想是太放鬆了吧，突然無事可做，就著日落的光暈，斜斜照在我們的黑板與桌椅，有些學生開始寫起回家作業。這時女導師話起了家常，問起即將來到的媽祖遶境，你們家裡流水席這次打算辦幾桌呢？

家鄉庄頭廟即是媽祖廟，媽祖事更像家務事，彼時村子道路早已張燈延綿數百公尺，紅色的風調雨順，紅色的國泰民安，好像露天連連看的遊戲。第一個被問的是政治世家同班同學，算是我的遠親，他說家裡要請十幾桌，大家驚呼連連，這規模算很大了，剛好他家古厝有塊空地，不用擔心擺不下；這時又問了一名家中種植芭樂的女學生，答案是三四桌，然後嘴甜順口邀了老師，說媽媽交代要請老師來吃拜拜。廟會辦桌是全鄉封街，整夜沸騰，出入鄉境的十字路口、連外道路全都交通管制，公家機關可以騰出的空地，一律變成臨時停車場。鄉村秩序的節奏稍稍脫離常軌，空氣盡是騷動但又雀躍的分子，而遠方煙火聲響終不停歇，成了故事天然背景音樂。

這時老師最後問了我，放學鐘聲已經要打，當下我的口氣明快準確：九桌。九桌算多還算少呢？老師聽了表情似乎顯示驚訝。畢竟只是廟會辦桌，加上幾乎家家戶戶都在請客。其實已經不是桌次多與寡的問題，而是空間真正有限。一家請客就要申請路權，吃掉半張馬路，更何況是全鄉都在瘋媽祖大拜拜，有錢請也要有地方擺桌啊。

那個下午我們就輪番報上桌次，似乎像是一種自我介紹，只是我們因此不小心知道了同學家更多的故事。不是每個同學家中都有請客的。比方外鄉鎮的，比方親戚網絡相對稀薄，問到家中沒有請客的學生，場面瞬間稍微尷尬，導師於是打了圓場說那可以去富閔他家吃。

回想起來，通常廟會遶境結束，大概下午三點四點，整個路面開始進行晚上的封街，動作要很快，而廚師早就已經大粒汗小粒汗。大概這是我此生見過最大的盛宴了，到處紅藍白格紋的帆布，到處都在喬桌椅與鋪桌巾。原本的馬路完全消失。不可能只有一位總舖師，我們也就看到來自外縣市的外燴團隊，不同的制服，不同碗筷設計，當年如果就有哀鳳，大概我就會去開直播介紹，然後不停打卡拍照了吧。想起那時我最大的困惑，除了空間是否足夠，還有捧菜大姊，如何避免自己跑錯地方。這家誰煮？那家誰煮？動線規劃，工程浩大，食材也在暗中較量，要不搞混真的很難。印象中就有幾次等不到水果拼盤，或是突然來了一道菜單之外的驚料理，大家也是吃得超開心。竊笑說趕緊把它包起來。

然而吃拜拜到底不同於吃婚宴，客人淨以熟識為主，主要是厝邊鄰居也有辦桌，彼此又是親戚，賓客重疊機率很高，有時甚至發生搶人大戰。我有次參加舅公家的廟會辦桌流水席，他們庄頭廟主祀玄天上帝，也是整個聚落封街，然而舅公共計三位，加上姨婆也住隔壁，最後一家人竟然分成四組，這邊也吃，那邊也吃，不然實在不好意思。這種特殊時空發生的特殊文化，完完全全戳到我的美感神經，讓人好想再吃一次大拜拜。

我還記得的幾次拜拜，第一場即是民國八十四年的己亥香，加上住家離廟也近，家人全在廟會擔任要務，廟會前一個月，我就整天廟前廟後跑不停，再者做為主人家，怎麼可能乖乖坐著吃，印象中總是吃一口就起來四處走，然後負責幫跑腿，遞飲料，或者闖入封街現場，在白天還是人車走動的大馬路上，突然失去方向感，只因眼前除了流水席次還是流水席次，看著心想原來這人是他家的親戚啊！或者心中疑惑她家怎麼大門深鎖沒請客？

第二場是小學六年級，我長更大了，三年一科香，我就是在這一次的封街，初次撞見獅頭藝人挨家挨戶的索取銀兩，然後偷偷地跟著他走了一小段路，發現鄉民似乎不太賞臉；重要的是我學著幫忙招呼客人，天色漸漸暗的時候，你可以想像開枝散葉的遊子，紛紛帶著自己的小家庭歸來，今晚要不要留宿呢？自然也有那遠嫁多年的女兒說年初二才回娘家，所以這次就沒轉來了；種種你料想不到的賓客來源，交錯而成的突發狀況，人情世故，這也完完全全戳到我的美感神經。印象最深是我大阿姨，好不容易搭火車轉計程車前來與會了，卻還沒吃就開始擔心結束不知怎麼回到幾公里外的府城，最後竟然順道搭了鄰居也要轉返台南市的便車，一問之下，原來彼此的子女還是小學同學。

最後一次封街也是第三次吃拜拜，已是二〇〇五，歲次乙酉的鬧熱。那晚吃得有點勉強，說是封街不夠準確，因為只有幾戶人家請客。這種活動有傳染性：一戶要辦，就可能發展成一條街要辦，接著就是整個庄頭共襄盛舉，鬧鬧哄哄，那年卻是零星幾家，可能景氣不好，我們照舊請了幾桌，反而引來側目，好像給了鄰居壓力。時代整個改變，觀念一直棄守，我不知自己有無改變，想法是否老舊，但那晚整條馬路沒有幾戶在請，那股冷清實在難受，喝在口中的湯都像冰的。

現在我們廟會都不辦桌，辦了大概不知要請誰來。從前一場廟會常以吃拜拜來收尾，可以連吃好幾天的菜尾，如今遶境結束就是圓滿落幕，士農工商，風調雨順，隨人去了。心想不知故鄉會否還有下次封街的機會，那一定是某年農曆的三月，而如果這天真的來了，我可以邀誰來鄉下吃拜拜呢？

談天的香客

一

我很喜歡七等生的短篇〈老婦人〉。這篇小說述寫一名會南北趴趴造的老阿嬤，她的生命力極旺盛，乍讀之下以為又是大地之母的親情敘事，愛與惡的多重辯證，其實這也沒錯，不過小說家給予這名女性罕見的「性地」，在諸多關於老阿嬤的恩慈面貌的刻劃模式之中，這個阿嬤用現在的話來說是不好處理，她有自己的樣子。

故事之中，老婦人的子女皆已開枝散葉，士農工商，然她還住在作為母親的世界，只是無法延續既有角色的功能，我喜歡她去探看女兒的描述，尤其是去木柵市場的那個橋段，出嫁女兒與原生娘家的關係，那樣的互動，沒有太多言語，她能做的也就是來看看而已。故事中的老婦人，她是一名走到哪裡都顯格格不入的長輩，當年拉拔長大的孫子亦有自己的家，這時的她無事可做，大量時間與大量空間向她襲擊而來，她剩下什麼呢？這是發生在八十年代的長照二點〇的故事。

這篇小說，讓我難忘的是老婦人重返苗栗白沙屯之老家，堅持參與當年三月的媽祖生，她去報名，她去繳費，而後徒步到北港的插曲——我們看到她給自己安排了一個小旅行，她在內心打造一支專屬她的掛鐘，提醒我們：她也有自己的節奏，她有自己的日子要過。然後她在香客隊伍與老友重逢。廟會作為一種社交形式，這樣特殊的時空給予她一個暫卸職責的活動平台，我們幾乎可以跟隨小說家的敘事感受到進香的雀躍與心神的鬆弛，因而老婦人近乎可以忘了睡眠，深夜就與老友進行長長的密談，掏心掏肺，這密談多麼神聖，他們真正是在談天：

這兩個老婦人在車隊行進的旅途中互相照顧，喋喋不休說著爽朗的話，以排遣無聊和一陣一陣自然由衰老的身內襲上來的倦乏。抵達北港的那天夜晚，她們被安排在旅社的通鋪房間內，和一大堆人在一起，大多數人都只休息一會兒，便興奮地結伴到處去瀏覽，或購買當地的特產，整個北港這個小地方的街道，白天和夜晚都是人潮，他們倆個老婦人卻坐在榻榻米席上，厚厚的背部靠在房內的一個牆壁，討論著他們死時要如何處理的事情。詹氏想將自己的骨灰寄存家鄉福音寺的齋堂；細尾卻說她隨子孫的意思怎樣就怎樣，反正死時什麼都不知道了，也無法起來反對。

兩名婦人的女遊故事多麼令人喜愛，無論是基於地理事實的白沙屯媽祖遶境，或者北港大街的進香故事，作為女神媽祖的香客，眼前二位阿嬤級的高齡香客，她們身影所到之處，都引起我莫大的興趣。我若置身北港現場，大概會因好奇過度，一直尾隨在她們的身後吧！我猜想她們會在北港大街採買各種土產，糕餅袋袋提在手上，尤其不能錯過土產的花生與蒜頭，她們買得不亦樂乎，夜間也在路邊看藝閣遊行，那花車上的孩童不停撒下糖果與硬幣，老婦人在混亂之中高舉雙手，好幸運的攔到兩支從天而降的J形棒棒糖。像是神賜的拐杖，祝福她們行路平安。

二

故鄉媽祖遶境，謁祖雲林北港，這是第一天的行程，廟會隊伍下午從我家後面的廟埕集合出發，嘉年華，時間通常下午三點，四點才能放課的國小孩童早就忍耐不住，紛紛擠到二樓廊道歡送媽祖出巡。那時我也擠在人群之中，看著神轎陣頭與車隊，張目尋找貝公、父親與叔叔的身影，他們也要隨香到北港，聽說當晚入住香客大樓，聽著我也好想要去，可是我要睡在哪裡？

多年之後，大哥有了自己的車，媽祖依然循著三年一科香的邏輯，繼續出發北港，車隊啟動，成人之後的我們，一車三大兩小，大哥母親與我，加上兩位幼稚園雙胞胎大小堂妹，超載，這次可以隨車跟了出去。台南出發路線並不複雜，我們這車卻有自己的路線，脫隊演出，自己沿著高鐵基座快速道路，要去三月最瘋的雲林。老家附近的庄頭廟叫做朝天宮，所以這是一個從朝天宮到朝天宮的故事。

那日天氣陰暗，聽說媽祖生的時候總會落下一點雨絲，這個傳說有氣象科學的根據，但記憶中好幾次遶境前後真正都是落雨。那年我們自己開車，車途全都在談過去的遶境史，丙子科、丁丑科、己卯科……車至北港大橋，不遠處可以看見超大型千里眼與順風耳，因為天色不佳，我能看到千里眼順風耳，但祂們能看到我們嗎？

時值進香旺季，即便平常日子，大橋下的停車場早就客滿，未料大妹下車隨即海吐一番，以此拉開我們的朝天宮小旅行，底圖是雲林將暗未明的天氣，背景音樂是鑼鼓聲響與電音舞曲，好多媽祖隊伍正在行進，串燒一般的鞭炮歌單不曾歇止，所以我們講話都要拉大嗓子。

結果我們比故鄉車隊還要早到，立刻啟動香客兼觀光模式，直接在北港大街分成三路帶開：大哥單槍匹馬往大廟方向前進，同時通過網路平台掌握故鄉隊伍進度，隨時賴來到了訊息。母親帶著兩位小妹進攻土產專賣店舖，袋裝的蝦餅薯餅，高度與兩位妹妹齊頭，一個閃神，兩位小主已經各自提著糕餅出來，母親戰力驚人，其實她不愛外出，全是看在購物興致，我們記得外公最喜綠豆椪，這是一定要買的。

北港大街持續走入來自島嶼各地的媽祖隊伍，或長或短，不同城市的鑾轎造型，各地的進香文化，我們閃在路邊就怕被炮炸到，遲遲關心家鄉來的媽祖是否順利抵達。那樣的情緒耐人尋味，一種媽祖共同體的氛圍瀰漫現場，卻又充滿家鄉感與榮譽心，直至天色全暗，故鄉隊伍終於整好行伍，依序朝著大廟邁入，這是已經天暗的事。

隊伍將在北港停留一夜，而我們只是來湊熱鬧，等一下就要返回台南，明天清早在家設案恭迎。記得故鄉的宋江陣還在廟口進行一場精彩演出，那時直播文化尚未興起，否則一定到處都是現場，你的現場不是你的現場，我們共在一個多重視角的世界，是千里眼順風耳都難以招架的二十一世紀。

那晚我們幸運看到藝閣花車的遊行，母親與我各自牽著一個妹妹，在人潮中撿拾從天而降的糖果與零錢，J形棒棒糖，我們根本沒有時間辨別花車上的扮裝來自什麼章回說部的人物。入夜的北港大街，花燈的當代藝術。人潮全部湧到兩邊。大妹小妹身形太小了，所以佔盡優勢，但見大家拚命仰頭，她們直接蹲低，這才發現滿地都是神明的等路，她們的口袋滿滿呢。

三

會是我總撒嬌要為妳推背按摩，且看著長在後頭部的脂肪瘤越來越大，當我捶它，妳說並不痛，而我總做勢想揉小這顆瘤。也是從小多病的我，妳發揮年輕時的眼力與腳力，翻越山頭的採草藥煎煮魔法神湯讓我一口服盡，那時容易不停打嗝的我彷佛魔神仔將近，妳捍衛孫子以藥驅邪的如藥師佛般將我治好。妳最愛拜拜，全家進軍

北港朝天宮的大年初三，那時妳走小段路便要休息，而我挽妳的手，只差沒扛張椅子讓妳累了隨時就坐。當我們全家沿路走過大蒜紅蔥北港六尺四與各式糕餅店，街上裹頭巾婦人酷似往年上田時的裝扮販賣著福金壽金與沉木香，而地上滿是炮灰與向妳伸手的流浪漢，我們引媽祖檀香氣息地向前行走，穿越眾生相。

這段文字，大三寫的，那年也是我寫作的起步年，連拿許多獎項，同時準備研究所又修習二十六學分的教育學程，生活漸次長出自己的脊椎，自我形貌慢慢清晰起來，我以為這也是創作最好的狀態，當時學到的知識也都受用無窮，爆發力與續航力很驚人，後勁至今從沒消散，彷彿長出一套能夠不斷重新定義卻又修復更新的運作系統。我覺得我有變聰明。

那幾年祖母的身體壞得很快，叔叔年屆五十新婚，祖母終於放下心中最大牽掛，只差沒講出可以跟死去的祖父交代了。記得叔叔婚禮前晚慎重其事舉辦祭天儀式，聽說襁褓時期的叔叔病況未見起色，年輕祖母於是對天許下承諾，將在叔叔成婚當天盛大謝天，那晚祭壇架設騎樓，頂桌、下桌與椅條的排列組合，祭天的供品尤其繁複，則是出自母親的俐落手腳。那晚騎樓人潮岔岔岔岔，與叔同輩分的手足，小孩老早高中年紀，大家都來幫忙，這場婚禮因而特別溫馨。儀式是由我們熟悉的道長發落，他也沾染一分喜氣，這是二〇〇五年的事情，我們楊家好久沒有辦喜事了。

記得道長領著祖母與叔叔謝跪在地，祖母已經蹲不下去，眾人前去幫忙，她仍舊吃力依循古禮，三跪九叩，她的生命力完全展現在此，叔叔出生不到三歲即已喪父，至此祖母作為單親媽媽的功課才算完全了結。當晚她是多麼快樂。她已年近八十。

她有沒有快樂的時候，這個問題我是不敢細想。大概連問她快樂的基礎都沒有，她只是不停地不停地在工作。她也沒有什麼遊覽的興致，只有少數幾次參與鄰長的年度旅行。二爺雖是住在我家，卻是他老家那邊的鄰長，多麼奇怪的人設，同團的當然還有我們兄弟，我們坐了老遠的遊覽車要去看太平洋，遠方船隻在灰濛海面行走，車外光景快速掠過，我真是好勝，祖母問我有沒有看到，我不確定但懂得要趕快說有。

二爺離開我家之後，我們終於有了名義上的家族遊。一定要去的都是北港朝天宮，過年的限定款，有時加上南台灣阿公阿嬤的熱點南鯤鯓代天府。記得我們一家四口豐田轎車，叔叔祖母兩人三菱轎車，兩車沿路相互掩護，其實是怕不熟路況的叔叔落單。我們開在前頭，父親主駕，讓他當大，我坐後座頻頻回頭，就怕叔叔祖母落在哪個路口這就慘了。

這種時候我的用處可多，記得抵達北港，又是大橋下的停車場，整趟行程如同隨身看護挽著祖母厚重手臂。我們在洶湧人潮之中高舉香枝，動線清楚但卻動彈不得，最後乾脆香枝集體收攏交付父親叔叔處理，大家趕緊逃到廟埕集合。祖母與母親在跟蒜頭攤販討價還價，祖母與我在糕餅店前研究買幾送幾的包裝方式，我們一家走得相當分散，大家都有自己的一段北港故事，父親與叔叔因著媽祖遶境常常前來，反覆比劃著前幾科香的廟會經驗。記得回程祖母真的走不太動了，大哥與我又大包小包，我們也沒過問，連忙拿了一張糕餅店的塑膠椅，拉著祖母大辣辣坐路邊，進行一個休息的動作。這麼寫著、想著，我的腦袋清晰，思路更加通透。這也是一則老婦人要到北港朝天宮的故事了。

暗中的藝術

廟會遶境粗略分成白天與夜間，聽起來好像沒講，仔細觀察卻是兩種完全不同的風情，截然不同的表現手法。夜間遶境感覺比較危險，視線容易不清，但是到處充滿燈與光的作品，此外，另外一個優點大概相對涼快。

關於夜間的廟會遶境，從小我們跟著大人說成遊夜景，那遊字很關鍵，我自己的創作也是充滿遊的精神。遊夜景根據出巡神祇不同，以及各自的地域性，也會衍生不同的講法，而暗中的藝術，恰恰得以總體概括我對它的想像。

你想像夜間神轎全都裝上了霓虹燈管，沿途施展它的絢爛特效，而我注意到了跟在神轎之後的長長電線，最後接上一台超大型發電機，內心偷偷想著：原來神轎也是吃電的。

夜間的大仙尪仔是不是看起來特可怕？官將首的獠牙很生動超嚇人，夜間隨香信眾是否也都有點愛睏臉？山區夠黑，於是煙火效果奇佳。有時專注地行走向前；有時你就仰頭看天。山區夠黑，記憶中遊夜景多以年輕人為主，猜想老人家晚上出來有點危險。

記得第一次看人家遊夜景，即是鄉里一家主祀城隍的宮廟，這讓偏鄉山區鮮少夜生活的我們異常振奮，然那遶境路線沒有經過我的住家，印象中是母親騎著機車，不怕鞭炮胡亂衝闖的卡到好位，我們於是有了絕佳的視野。主要那場遶境主祀的神明代言人是位女乩童，白天她是母親工廠的同事，面容慈藹，見過的人都說，很有福氣的模樣。那晚母親機車停在路邊，而我緊緊抱她，人多的地方少去，但我們正在人群中心，在不斷流過眼前的參香人潮，終於看到身穿神衣而手持法器的女乩童。

我看過那女乩童白天工作的神情，在母親極度吵雜而傷害耳力的紡織工廠，女乩童瞇著眼睛穿針引線，而我始終不敢靠近她，她能夠一眼將我看穿吧？儘管我以為自己的心思比她更細更雜。

許多年前，我還住在南部老家，某些特別的晚上，常有轎班在鄉間道路練習陣式與步伐。那時民宅往往都正在收看八點檔《飛龍在天》，而馬路走著一座又一座的神轎。這畫面看起來很獵奇，於我卻是日常生活的一種。記得那些因著練習而暫時沒有神像的坐駕，在車流不多的偏鄉山區，成了最為人注意的另類交通工具。那是否也是南國少年的夜間體育課呢？我依然不敢多看幾眼，無論神轎或者男孩。行伍中或許就有我的小學同學。我不知這坐駕出自哪宮廟，然我明白扛轎是一種工作更是一種專業。他們正在努力地反覆的練習。他們通過身體在尋找一種新的肢體語言；他們的步履正是寫在地上的故事，多麼生動，多麼華麗。

我們兄弟都是廟會狂。從小跟隨父親出沒大大小小的宮廟，可以說我們的童年是在廟會完成的。美術作業愛畫遶境廟會，從開路鼓一路畫到最後的隨行香客，哥哥畫筆很細，各種民俗藝陣都能活跳體現；我們也喜歡手做各種兵器神器，膠水剪刀，以牙籤當棍棒，貼貼黏黏，然後關在三樓客廳看廟會錄影帶——影像中的父叔輩也曾是扛轎的青年，他們當時是在那裡排練的？——或者利用積木玩具拼裝出一座座的神轎，在樓梯間，排出隊形，搬演一場場的大遶境。我們兄弟性格並不相同，廟會卻是我們唯一的交集，我們有著相同的家族經驗與共同的廟會語言，去形容眼前的虛與實，力與美，癲狂與情熱。我們情感總是很親。

從遶境看出創作的奧義，這大概是你寫這篇文章的初衷與用意。你對文學的想法正在劇烈變動，有些恍神，有些迷惘，那些信以為真的東西都在急速墜落，而什麼足以勾連你生命的底色，又能拔昇而至文學的境次呢。想著想著，大概就是廟會的故事。多年前我寫過一篇文章叫做〈一種形式：遶境與書寫〉。幾年之後，想著遶境到底還要分成白天和夜間。我得明白什麼叫做暗中的藝術，學會什麼叫做摸黑的方法。然後完成對於當代文學的全新體會。

那年住家後方的媽祖廟聖誕千秋，宋江陣剛開館，每個晚上我們都放棄八點檔跑到廟口看村里男丁操演宋江陣式，印象中七點半就開始敲鑼打鼓了，現場正在進行一個暖場的動作。因著住家就在廟邊，它養成我至今對於鼓聲始終保持一定的敏銳，不經意聽見宋江鼓都會激動地就要掉下眼淚。記得操練時間常是以八點為主，我們圍在廟邊見證白天田裡工廠忙碌的父叔，晚上成了戍衛鄰里的男兒戰士，這實在比電視劇好看太多。現場男丁一路追趕跑跳直到九點，這是露天的健身房吧？每個晚上都有不同單位寄付點心，麵羹或者飲品，於我更是開了另個眼界。總有幾個夜晚神明突然降駕前來指示，我們一群孩童因此跟著大人鬧到子夜，也不管明天還要上學。那樣打散時序的日子看似過得亂無章法，卻是原汁原味的偏鄉夜生活，背景是夠黑的山，以及沿著惡地丘陵，一路串線接連到天邊的星點。

種種經驗豐沛我們兄弟的童年，於是有模有樣，也在三合院組織自己的宋江小隊，好幾次夜間各自拿自己設計的兵器。摸黑。穿梭在迷宮一般的三合院落，如同另外一支少年巡守隊伍，喜孜孜地搬演我那暗中的藝術，遊走自己發明的暗巡線路。然而危險就在何處呢？敵人到底掩身在哪？又或者我只是自己嚇著自己？那是沒有網路不知雲端的年代，我們的目珠閃閃放光，武器也在放光，無形的有害的全都藏了起來。

又有一年，大哥騎車載我來到曾文溪邊看人家遊夜景，我們正在道路封鎖的大橋之上，看著隊伍緩慢走向河床地。聽說這次是一間主祀城隍的宮廟在夜巡。城隍爺的故事本來就是一則夜的故事，那次廟會特盛大，鬧到深夜尚不歇止。記得來路與去路早因炮炸而煙霧迷漫，一時之間我們兄弟陷入夜遊隊伍之中，人車無法脫身：當時我們的前面是一座神轎，我不知坐駕哪座神明；後面跟著另外一座神轎，坐駕前來助陣的太子爺。記得平日話多的我忽然就陷入了沉默，大哥也沉默，而四周鑼鼓喧天，高空還有煙花綻放。我們兄弟如同困在兩座山巒一般的神轎之間，此刻彼此生命都來到了低谷，低到不能再低，遶境隊伍繼續向河床迤邐蔓延。低頭這才發現我們腳邊全是剛剛在空中蝶舞，悠悠緩緩，輕輕降落的金紙。

滿地金紙如同暗中金睛，地上的藝術，它要護佑我們兄弟未來行路一切平安，無虞、順風與順行。

聖母的餘地

將近二十年前的事情了，我剛讀教會學校，週六仍需早早到校，但是十一點十分就宣布下課了。我們學校分成國中與高中部，平日都是不同時段分梯放學，週六則是學校集體離校，兩三千人，規模浩大，遊覽車沿著圍牆一路停到校內的黎明大道。中午時分的太陽格外刺眼，麻豆的天空，那時的畫面於我也是強光照射，柏油路上是高樹斜斜的長影。

母親常說去不到三小時又放學，老師有沒有上課啊。我也不知道有或者沒有，針對國中部一年級的學生，學校當年推出系列的創意課程，交由學校老師自己設計並且負責講授，有點類似現在的特色選修，相當時髦。我們總共八個班級，印象就有八門課程同步進行。有些學生才剛到校，隨即帶上校車出去台南踏查，台南可以踏查的地方可多，麻豆也有倒風內海與王爺信仰的豐沛故事，想去鹽分地帶更是交通方便，學校位置真正得天獨厚；有門課程是要製作肥料，大家一起帶到空曠之處，端詳一桶桶的果皮殘渣；其中一門課程要做陶藝，我的手邊還有當年燒陶捏出的容器，真的只能稱它容器，我不知道能夠拿來做什麼，但想想博物館陳列的文物，似乎也是泛稱容器，名目與功能都是後來我們自己標籤上去。那個容器現在放在客廳壁櫥，盛滿一塊硬幣，底座刻著有我的姓名與學號。算是自己最初的幾件手作。

那些週六的教室，捨去英語與數學，書包整天都沒打開，校車又一輛輛開進校園，很快就打十一點的下課鐘了。這般漂浮的感受給予我的身心一種前所未有的暢快，自由與不自由的定義變得非常模糊。我像是水母漂般的生活在時間的溝渠，練習生存的特技。冬天缺水的嘉南大圳，一人肩著沉甸甸的書包，搭上只剩站位的外包的遊覽車，這是早上才剛走過的路線。我要從一座到處可以看見聖母的校園，回到鄰近另一座聖母廟的家園，儀式一般的結束一週的學習。

週六放學的時候，我必須一人從候車地點徒步回家，雙親都在上班，這時只剩祖母在家。那時祖母動完一場脂肪瘤的手術，蜈蚣疤痕化石般的爬在她的後頸部，聽說醫生建議她要多多吸收維他命西，我就騎著那台藍色迷彩的變速單車，來到鄉間開幕不久的便利超商，買回鋁箔包裝的濃縮果汁，心想我們家不是在種水果嗎，至少二爺他家也是主打柳丁，還有一台清菓機。

那些鋁箔包裝的濃縮果汁對身體大概有壞無好，而庄腳所在我去哪裡找一間果汁店？開始必須自己打理午餐的我，逐漸發現鄉村生活的不便，養病更是困難，那已是二十年前的感觸，至今現況仍是如此，我的能力依然有限。

徒步回家的路線相當單純，我家又住在大馬路邊，毫無遮掩，只要坐在公車，經過家門都能清楚知道客廳的電視在演些什麼。我常一邊走著，一邊看著目的地，正午時分的陽光，有次遠遠看到二爺與我不同方向，但都朝向家門口前進。

那時他回老家居住才剛一兩年，不久傳來也去進行手術，腳骨方面的手術，走路暫時需靠四腳扶手，動完大刀的祖母，沒有多餘氣力管些什麼。二爺週末喜歡來到我家作客，大家明顯感覺到祖母的不耐，二爺也能察覺到祖母的冷淡，這些那些全被週六放學在家的我看在眼內。而我與二爺之間確實產生一種異常的生疏，我們就這樣在路頭路尾相逢，以各自的速度，慢慢回到那間曾經共居的樓厝。

曾經共居的樓厝，現在坐一下就得走了。二爺每次離開，自身難保的祖母，囑咐我要跟前跟後，我放下書包，陪他走到私家車行。悠緩的柏油路面，靜靜的午間飯後，二爺與我這樣的畫面，鐵定引來關注，可以想像門窗的後方，他們正在八卦什麼。車行老闆是我們的老朋友，不停向二爺說著，沒有白疼這個孫子啊，而我去念的那所優質的教會學校，嚴格說來也是二爺力薦的。

微雨送香客

延綿無止的紅色燈籠遲遲沒有拆卸，距離庄內媽祖廟的遶境結束一個月餘，宋江陣業已謝館，要再等三個年份，另一次封鄉的場面才會再度來到你我眼前。然而只要燈籠還在，彷彿沿著燈球所掛之處，在鄉間你就可以走出各種路線圖；那紅色燈籠得以抵達的地方，都是媽祖恩澤、千萬兵馬護守的所在，那是邊境，曾文溪畔，農曆五月的沿岸植物氣勢將起，一年已過四分之一。

我的手邊有張照片，二〇〇五年的一場雨中即景，我站在騎樓，對著通往聯外大橋的方向攝下，當時我的焦點正是這些紅色燈籠，連連看一般的與垂直落下的雨勢交錯，我把這張照片傳到網路相本當成封面，相本名稱叫做二〇〇五。

二〇〇五，歲次乙酉的熱鬧，這年遶境，可以看出山村人口的外移與老化，最為關鍵的夜間封村辦桌活動幾乎停擺，你能想像一條街只剩兩三戶請人客，昔日總鋪師率領制服媽媽入庄的畫面完全消失，眼前可見的桌聲格外寂寥，根本沒有二十桌，伯公與我兩家合總將近十桌，我們像是緊守風俗的最後一代，心情卻是十分複雜。看在那些沒有請客的人家，好像我們彰顯他們的寡冷，同時凸顯了我們的愛生事。

是祖母堅持要請的，為此已在家庭內部引起不少風暴，經濟支出完全是次要考量，主要想到的仍是周遭鄰里皆無請客，如此徒增他人家的壓力，畢竟都是親戚，請的客人重疊率高，我家有請你家沒請，這是大家族的生存學了。

那年我已高三，兩個月後我要畢業，新的世紀翻了一頁，姆婆、姑婆接連過世，這個家族正在進行重組。遶境前的宋江操演，我早不是兒少時期，每個夜晚跑去廟口當起助理的羊戶閔，但我也沒有在學業投入更多心力，一心只想趕快考上大學，奔離這個將我困住的河階地。那時伯公還在，有張照片，他的特寫，日暮黃昏坐在路邊，酒席早就妥當，他正等候從城市歸來的子女，相信很快就可以開桌了。伯公將在兩個月後過世，生前毫無病痛，只是反覆吟唱沒人聽懂的古調，在我們各自忙碌而疏於看照的初夏，默默起身出發。我也要出發了，在紅色燈籠打下的街路，一個梅雨稍歇的早晨，打理自己成為寫作的信眾，並將人設轉成香客，隨香而去，最後隱沒在一場山區的台南雨。

連環圖：土地公的創作教室

許多年前修習一門通識課程，因為實作性質的作業很多，我很愛，其中一次要去參與大學附近的廟會遶境，透清早就隨香客隊伍集合廟埕，徒步展開一個用腳思想的故事。

那日我們隨著隊伍，跟著鑼鼓聲鞭炮聲，深入社區聚落的每個熱點。起初有點害羞，這群年輕的香客看來超級醒目，莫非學生也是一種現代陣頭了嗎？這麼想著，手機拍著，我就發現以下暫且稱呼小黃先生的大型人偶。

遶境隊伍曲曲折折，可是這位小黃先生，脫隊演出，四處游擊，我的相機不想錯過祂的一舉一動，心想：中部的土地明明是紅的，怎麼眼前這位土地公是黃顏色？話一講出，自己立刻笑了出來，好像不小心小黃先生也聽到了。

回家我將照片輸出電腦，逐次檢閱，好像在看什麼連環漫畫、分場腳本。這張那張小黃先生，無意之間，形成敘事，好像讓我悟到什麼天機，好像遇見小黃，就是為了讓你懂得靈感來自生活，而表現形式就是你的生活方式。

合境平安的故事走到這裡，現在不妨先讓小黃先生來帶路，休息一下，讓我們跟祂四界從四界去，一起走進土地公的創作教室。

1

小黃先生跌跌撞撞，祂似乎聽到我的天問，彷彿在說：我是不是要換上一件紅衣服？台中的土是紅色的。祂已距離廟會隊伍越來越遠，而我一路跟緊緊。祂是在躲我吧？小黃先生看起來很有事，祂的布鞋已經走光，最後走到豪宅社區，但見門口沒人架設香案，背影看來相當落寞。祂的謝籃是不是裝滿糕餅糖果呢？理當祂要沿路發送，好讓大家搶

不停，怎就來到一個有車出入、大樓深鎖的高級社區。難道祂在搞孤僻？

這時見祂左顧右盼，似乎想著接下來該去哪裡。章回小說告訴過你：土地公總在危機時刻現身報路，指點迷津，卻沒想過土地公自己也有拍無去的一日。

2

小黃先生這身黃色打扮，第一眼，我以為祂是穿超商販售黃色雨衣。然而祂確實無畏晴無畏雨，從來從去，傳播喜氣——祂的手杖、長鬚都在告訴著你：小黃先生上了年紀，土地也會老的。讓我想到以前看過不少民俗表演，土地公總會自稱老福德或老土地。土地公也有祂的長照二點零。土地需要休生養息。那年我在紅土坡上看著無助亂竄的小黃，不單只是有趣，而是多少意識到了這些嚴肅問題，所以追著祂拍也拍不停。

小黃先生從來從去，這時本尊已經跑到了人行道，鄧鄧鄧在紅顏色六角磚小奔跑，不知道又在忙什麼事？我猜祂是打算歸隊，驚慌失措，像是發現搞錯方位。這邊沒有人潮，祂得趕緊跟上前去。

想一想，福德正神遇到谷哥大神，將會發生什麼劇情？谷哥大神有朝一日雕成神偶，它會不會貌似土地公？這時小黃先生停止移動，低下頭來，氣喘吁吁。我始終無法分辨祂是不是在笑，還是嘴巴闔不起來。祂是在笑吧？可是喘成這樣，也要笑嗎？

3

小黃先生莫非也有對手。以前常在廟會場合，遇到扛著小獅頭的賣藝人，他的工作剛好和小黃先生顛倒。小黃先生沿路發送元寶造型的甜糖，獅頭人則是自行來到民宅搖搖

晃晃，渴望得到一些賞賜。記得上次遇到獅頭人，是老家封街超大型流水席，當晚好幾顆獅頭分據不同村里，他們走到哪裡討到哪裡。小黃先生這次遇到了獅頭人，山水有相逢，彼此不知是否有話想說？或者只是低頭，汗水直流，各自默默繼續工作。

4

一路尾隨小黃先生，這才發現我也完全脫隊，同時看見遶境隊伍尾巴跟隨另外一支清掃大隊。清潔大隊也是現代陣頭？她們正沿街整潔遶境帶來的垃圾，這時我又看到小黃先生。祂在搭話一名身著反光背心的地方媽媽。

我在旁邊，看圖說話，前方同學全都湊了過來——有人說祂想加入打掃隊伍啦（愛鄉愛土清潔隊？），有人說是祂要送她禮物（天啊誤會大了原來祂是聖誕老人），有人說小黃先生只是問路（那你可以打五五六八八反正對方也是小黃）。

於是我一步一步，漸漸靠近了祂，不想瞄了一眼謝籃內部，嚇了好大一跳，原來裡面好多不知哪來的紙鈔硬幣。祂跟獅頭人是同一個團體嗎？祂不是應該到處分送糕餅糖果？所以從頭到尾全是我的妄想。

這時小黃先生轉身看向我來，而我嚇得不知眼睛要看上看下。這輩子沒被土地公看過。我是有點害怕。

這時小黃先生慢慢彎低身子，謝籃鏗啷鏗啷，發出硬幣鈴鐺聲響。所以是要請我投錢？小黃先生沉默不語，一如無聲的大地。毫無設防的我，下意識去掏了口袋，想說打發一下給個五塊十塊。

當我回神，抬起頭來，小黃先生向我遞來一大把的金元寶巧克力。

我笑了一下，覺得赧顏。一號表情的祂，感覺也似笑非笑了一下吧。

日頭赤炎炎，隨人顧性命。我沒有伸手去拿。

三、廟文法

從天而降的故事

1

文轎與武轎

告訴我這是文轎、那是武轎的，是小學坐我隔壁的同學孫。孫家經營宮廟，主祀千歲王爺，只是王爺不姓孫。我們稱呼宮廟一律叫它私佛仔。孫家的私佛仔規模不大不小，聖誕千秋也有做戲拜拜。

有做戲拜拜，若再興盛一點，就能出香遶境了，因此也就需要坐駕之神轎。那日上課，孫告訴我他們家宮廟剛剛購入一頂大轎——當時我們在校全程都是台語對話。我格外喜歡「一頂大轎」四個生字念出的聲響，感覺藍天白雲，曠野之中，兀自停著刺繡繁複且架構明確的神轎。孫的眼神光亮如同購入新車，接著細細向我分述文轎武轎的區分，孫且順手拿來一張白紙，畫出尖頂有篷的文轎，以及結構開放，很能搖很會晃的武轎。我一下就明白他的口頭語與白話文，我還知道神轎得以裝上輪子，這樣臨時找無手腳來扛，還能派出老人幫忙推行。裝上輪子乩童就能跳了上去。那樣顧盼自得，那樣高高在上。讓人想到從前舅公起乩喜歡站在神轎，卻被我們偷偷私下戲稱，他是不是因為遊庄走到腳痠。大哥和我以前暑假在家圖畫，曾經將舅公爬上神轎的模樣畫了下來。我們好像違反什麼禁忌，可是大家全都笑個不停。舅公皮膚很黑，多年以來我都誤會他是黑面三媽，所以畫作面孔自然也是塗得黑黑。

父親叔叔都是扛轎出身的少年家。手邊珍藏的廟會錄像帶，曾經清楚留下他們兄弟協助扛轎的身姿，那些步數與那些進退，指引這對從小失怙的兄弟勇敢向前走去。而身在多宮廟的小庄頭，夜間我也常見轎班路上習步。神轎當然沒有座駕神偶，你就想像他們還在駕訓班的階段就是了。那些少年家在我小學時期，都是正讀高年級的學長。他們走在兩邊盡是紅磚瓦屋的窄巷，路寬只許一台廂型車。有時我會看到來車與大轎因此動彈不得：猜想這個時候，到底誰先應該讓步呢？

2

刺球從天而降

老家三樓曾經作為大哥與我的視聽空間，我們在這裡玩任天堂，看很多的廟會錄影帶。這裡也是一間小客廳，父親母親以此當作生活主場景，區隔一樓的祖母與二爺。那時大哥與我真能看。印象最深的一卷廟會錄影帶，名字非常直白就叫「操童乩」，封面是血流滿面，上身赤膊的排骨男兒，老實說我並不愛看，連父親都排斥這種限制級的畫面，少年乩童搖頭晃腦，他也跟著搖頭晃腦。

但我記得他們身上的各種兵器，父親統稱它們五寶，我只能認出鯊魚劍、七星劍與刺球，前面兩者曝光率很高，刺球則是造型特殊，令我非常難忘，而它名之為球，想來就有丟擲之必要。確實刺球展現神力之方式，就是對天一拋，最後重力加速度狠狠擊中乩童身軀，多麼脆弱的身軀，排骨酥的大男孩，是不是也會覺得好痛。我常在想那個從天而降的瞬間，大概就是一種神奇力量之展現，當然每次我們不免提心吊膽，若不小心拋歪、或者砸到別人那就害了。我倒沒有看過月斧與釘棍，可在廟會現場，這些兵器往往妥貼放在插有香枝的謝籃，委由一名人員提拿，這名人員就走在乩童身後，以便道具隨時奉上，看起來就像是乩童貼身助理。

我的小學同學非常熱衷宮廟活動，聽聞一名同學，他在廟會現場不小心被乩童亂劍揮中，這個長年植在內心深處的惡夢，未料真在人間活活上演，所以平日走過球場我就繞得很遠，因為遠處飛來的快球，不知為何，每次就是會打到我；而那拋得高高的刺球，狂舞的五寶也讓我避之唯恐不及。身在廟口我也迴避乩童，最怕與乩童對上眼神，我怕祂們怕得要死，有次廟會經過我家，遠方走來一名老乩，平日我們熟識，當下不知為何覺得心虛，嚇得趕快上樓將門反鎖，難不成乩童會衝上樓來開我的門嗎？我就是很愛自己嚇自己。嚇自己是我寫作的一種起手式，如那手執兵器的乩童，每次我都仔細去看是不是真的操了下去。

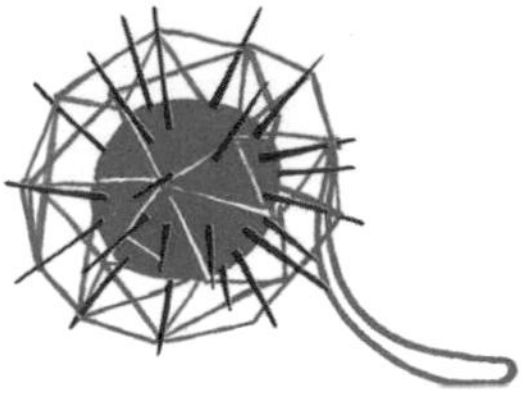

3
生雞蛋空集合

從前大年初一，廟口皆會舉行博頭家選爐主的儀式，我從來沒去看，但因住家就在廟後，一有消息結果，總是立刻煙散。媽祖廟的選拔儀式相當盛重，加上過年期間，賀年歌曲往往通過廣播系統，東西南北放向冬日的溪邊聚落，空氣瀰漫相當濃厚的年節氣息。

我們家從來沒被選過媽祖廟的爐主或者頭家啊，大年初一聽聞廟口正在博杯，客廳氣氛相當緊張，畢竟父親母親皆是上班族群，當上爐主就得協助廟口祭祀，絕對擠不出時間；父親年少倒是任過一間私佛仔的爐主，據說爐主往往當年運途並不順遂，才被神明欽點多多加以護衛。

不知父親是否因而獲得神明庇佑，平平順順過完一年。初次意識父親擔任爐主，是在一次犒賞兵馬的儀式。從前我家只是作為信眾，這下成為爐主，我們準備的供品也就無法側身在信眾之中，而是挪到主正中央的八仙桌。上方這些繁複的祭品，即是要由父親負責，說是父親，實是祖母。爐主應該負責什麼事情呢？這些細節全是問來的，有傳統就因循，問不到自己想。大家都很擔心沒有符合規範，畢竟作為當日祭祀的主角。

母親是職業婦女，投身幫忙廟事，多年以來都是祖母。我們還是挑著扁擔，一路搖搖晃晃抵達祭祀單位。每次打開謝籃，我都很怕看到東倒西歪的畫面。那次父親擔任爐主，祭祀時間剛好是星期三，中午放學，祖母多了一位助理，鬆了一大口氣。我們這地方上的小神壇，香火也很興盛，我想自己看待民俗與日常的視角，也是從這種小宮廟出發的。當天一切就緒，祖母與我坐在八仙桌邊，發呆看著桌上費心準備的祭品，前後可是忙了一個禮拜。

那天賞兵果然鬧熱，燒香儀式之後，現場各自休憩、談天，或者頓龜，也就是自由活動時間的意思，你要回家做一點自己的事也ＯＫ。而我在檢視八仙桌上頗有規模的擺設，好像是作為爐主一家的作品成果展，內心有鬆一口氣的感覺，畢竟我們也是一路爬高落低、大粒汗小粒汗才到的啊。

當時賞兵儀式，固定請來一團布袋戲，震天鑼鼓聲響，永遠演著我看不懂的戲碼，最期待扮仙的灑米酒與丟糖果。祖母與我坐在角落，拉大嗓子，加入地方媽媽的說話，我沒那麼安分，四處跑四處看，看看別人準備什麼，有時發現一樣的蛋糕，就知是跟菜場哪攤買的；有時發現雞鴨體型有別；有些信眾的牲禮拜素的，素雞素鴨素魚，我沒意見只是覺得做得不像；我也不時跑回主祀的神桌看東看西，這是我們自己的作品，上下左右，看來看去，未料引來祖母注意，其實她只是怕我亂摸亂動，接著就突然大喊，她發現神桌下虎爺公的生雞蛋忘記準備了，只有乾魷魚是不夠的啊。

一時之間，大家都說虎爺公透過我的無心之舉，想要提醒祖母餐點尚未送達，群眾議論紛紛，父親手忙腳亂，好像自己沒把事情辦好，趕緊騎車外出張羅。留下我在原地超級納悶。我沒有要幫誰傳話，我只是剛好彎下身去看看神桌下擺些什麼，一個無心的小動作而已啊。

4

五營和祂的萬千兵馬

名之為營，自然就有兵馬。以前常聽父親形容，我們庄頭的神明都在通向山區的打鐵街上訓練兵馬，那處即有一間小廟，兵馬於是紮營於此。後來我曾花上幾天，尋找家鄉五營的位置，感覺自己也是萬千兵馬的其中一員，巡守員一般的檢視村內大大小小。而每次經過象徵兵馬駐紮的路口小廟，內心總是相當踏實，我們不是塑膠做的，我們鄉里二十四小時都有待命的軍隊。

萬千兵馬在無形之中守護居民出入，為此日日清晨祖母都會來到騎樓換「馬草水」。我覺得這故事很「動畫」。想像你在眠夢酣睡之際，路上都有軍隊逡巡。那聲勢、那規模，所以說我們小鄉村也有自己的大場面。

我家騎樓曾有一個自製竹籃，相當適合用來作為文創提案。竹籃我們用來放「馬草水」。這亦是祖母日日晨昏必備的儀式。我們民宅種的都是牧草，我家也有一盆，竹籃內備妥一個小鋁盆，盛滿乾淨的水。那些早起的日子，我會跟著祖母一起來換馬草水。她拿香，我合掌，天要轉亮之際，彷彿就會看到許多壯健馬匹，緩緩來到我家門前，彎身低飲剛剛換好的清水，多麼動人多麼美麗。

5

失眠香灰茶

從小我就很能吞藥，藥丸不管大小，混著開水咕嚕咕嚕直接吞食；從小我也很能喝符水，親眼見證符咒瞬間化為烏有。我覺得我只是在喝一種叫做烏有的茶。很抽象很具體。所以藥丸符水我都ＯＫ，獨獨就對香灰敬而遠之，可是它是祖母心中的首選。

香灰茶端莊擺在神案，三杯或者五杯。有時杯身內容只是白開水，有時裝的是當日的「茶米茶」，茶米茶三個字從上而下排起來好像一根鬃毛細節刷，台語發音非常響亮，但我喝的不是爹咪爹，祖母要的是白開水，因為這樣才能夠可以清楚見證杯底沉澱的香灰——原來想要看到靈力，首先要先保健眼力。有時香灰看來超像阿拉伯數字，有時看來如同幽浮的臉，有時它什麼都不像，就是像香灰，太幽默了。反正豪飲乾杯見底就對了。

我從沒拒絕過祖母的美意，喝了之後也沒發生烙賽的劇情，不過就是相當平常的儀式，而香灰沉澱過程太過寫實缺乏光暈，如同沒有化開的萬千心緒，多年以來仍舊囤積在我的肚腹。

那些茶水總是讓我失眠，諭示近日生活將有重大轉變：升上國中、離家遠行、就醫看診。祖母就會特地領我前來燒香，她恨不得神案上的香灰水全部外帶，裝滿自備水壺，讓我可以帶出門。成長就像一場國小學童春天的遠足，提醒你我外出的日子要沒事多喝水多喝水沒事。

合境平安

6

最後的踩高蹺

遶境隊伍延綿沒有盡處，視覺延伸沒有盡處，可是站在自家騎樓的你，遠遠就看到今年來了一團踩高蹺。

從小最愛廟會陣頭即是踩高蹺，台語我們念成打蹺。大概私心覺得它的難度超高，以及它的鑼鼓聲響，特別清脆，特別急促。站在喧鬧廟會現場，一聽即可辨識：踩高蹺來了。

廟會現場最吸引我的也不是廟埕中央的操演，而是廟邊的花絮，就像子母畫面，我喜歡那些小敘事與小插曲。好幾次遇到休息中的踩高蹺，綁腳的關係，他們直接坐在民宅牆垣，兩隻長腳連著長長根柢，晃來晃去。每次我都嚇得快步疾行而過。踩高蹺成員男女皆有，除了紅臉關公之外，大家妝容比較淡薄，能夠看出都是大哥哥大姊姊的年紀，猜想這樣跳起來才有活力。

有幾年，小學的美術課，突然吹起一陣童玩風。學生開始自己手做簡易的銅罐踩高蹺，於是大家放學四處在找厚實且穩固的罐頭，結果讓平日在做資源回收的阿嬤警鈴大作，以為我們跟她在搶生意。我也跟風做了一組，用的是金蜜蜂冬瓜露的底座，仙草蜜那種的效果也很好，穩穩的。我們都在三合院埕練習走路，我們的三合院還算富裕，當年也有設計地磚，因此並不平坦，三兩步就跟蹌，很快這些簡易的銅罐踩高蹺就玩膩了，最後只剩我一人還在持續七七叩叩，走過來走過去。

那座三合院擁有一條通往馬路的小徑，地面更加凹凸，有水泥有柏油，大雨擊毀之後，又胡亂補了什麼，總之更不好走。這條小徑兩邊都是加蓋延伸而出的鐵皮屋，地表擺滿鳳仙花植栽，因為身高突然增加三四十公分，這時伸手即可摸到鐵皮屋頂，這路對我來說就像難度更高的關卡，視野卻也更為遼闊，整個人的心境都不太一樣了。

只是沒有比賽，沒有對手。剩下一人在那獨自玩著銅罐踩高蹺，自得其樂，這時遠方走來一位老厝邊，大概要喊叔公之類，看我拐來拐去，表情相當複雜，好像在說，為什麼人生你要挑選一條這麼崎嶇的路呢？

7

世紀末的會面點

那年暑假前一天的休業式，放學過後，我們一群同學立即約在廟口集合，說等一下要騎車去圖書館抄暑假作業。這時才早上十點鐘，家長都去上班，祖父母還在田裡。馬路到處亂竄的國小學童，大家全是沒人管的小孩。

為什麼約在廟口呢？答案實在無解，鄉下沒有太多公共設施當會面點，廟口算是鄉民交通必定途經之處。我家蓋在廟後，我不算混廟口的孩子，而更像混廟後的居民。我甚至沒有廟口追逐遊戲這種想像的模板，廟口實在太開放，光天化日，大家都有看到。我一直覺得玩是很私密的事。

其實廟口最常拿來停放私家轎車，廟埕乃是大型停車所在，按日會有不同攤販前來紮營，這是台灣尋常可見的廟口風景。那年我們集合廟口，精準一點，其實是廟口側邊的麵攤，這家麵攤沒有實體店面，有點克難味道，就是那種附著廟邊牆壁，整座帆布一旦收攏起來，白金流理台，木頭小櫃，摺疊桌椅通通魔術一般會變不見。麵攤固定都在下午營生，我對所有外省麵與黑白切的想像全根源在此。賣的雖是外省麵，可老闆是本省人，往往賣到凌晨一兩點，原來我也有過夜生活。

麵攤若是遇到廟口犒賞兵將的重大儀式，原本用來供給客人吃麵的桌席，瞬間用來供給信眾擺放祭品的供桌，我覺得超級有趣，非常親民，而若遇到媽祖生大拜拜，麵攤必須整攤拆除，將空間還給廟方，還好三年才來一次香科，不然一天到晚都在重新組裝。

這座拆解式的麵攤最熱賣的就是魯麵，廟會點心最常吃的也是魯麵，可想而知老闆往往受邀掌廚。除了魯麵，粉色香腸最吸睛，豬肺是父親必點，我常與父親來此吃麵，父子兩人平行坐在長凳，埋首各自吃食，平日太愛外食，難免讓人說話，誤會家裡都沒在煮，所以我們都吃得相當低調。攤主與父親熟識，有次兩人相約要去一間神壇問事，我沒能力阻擋，可是身形瘦弱，就把自己蜷縮在平常拿來伸長雙腿的空間，駕駛座的正後方，直到車子開了大概五分鐘，我才像鬼一般的冒了出來。父親嚇到方向盤歪到海岸山脈。那時的我真的很難纏。

麵攤生意斷斷續續，沒人知道真正停業時間，我們同學相約麵攤，已是世紀之末，麵攤近乎歇業狀態，擺設都還健在，人口外移嚴重，人口也在老化的山村，有些遊子回來還是習慣前來報到，可惜往往撲空。那年我一人站在攤位，等候同學從內山騎車到來，路邊熱情民眾以為我要買麵，溫馨提醒，說這沒在賣了啦。

六十天的長假要開始了，再過一年，麵攤緊鄰的廟宇將會打掉重建，我會離開山村晨起通勤讀書，但請記得我們相約就是在廟邊，一個通向舊世紀也通向新世紀的會面點。

8

重逢平安橋

第一次踏上平安橋，時間是在小學六年級，且是在媽祖遶境隔天的賞兵儀式，前晚全鄉封街流水席的餘熱尚在，隔日我們即以廟口祭祀當成收尾。我從沒見過如此踴躍的拜拜，好多原本不喜參與的鄉民全都出席了。

祭祀帆布搭在廟埕，帆布下是祭祀長桌，桌與桌之間平行隔成走道，大人小孩遊走其中。廟埕中央搭設一座結構極其穩固的紅色拱橋，橋的入口站有兩名男子，手執輦轎，橋的盡處有座神壇，過橋則是自己的事。因為一次只能一人上橋，祖母不停提醒，要我記得去走平安橋。那天是平常日，青壯輩都去上班，現場全是年紀與我祖母相仿的老大人，照理說過平安橋是滿喜氣的事，不知為何我就卻步了。我到底在怕什麼？

那天也在下大雨，遙相呼應媽祖遶境總會下雨的說法。學校因應遶境而停課一天，剛好可以協助祖母運送祭品。那天廟口相當擁擠，人口岔岔岔，大雨讓一切亂無章法，我們祭祀的位置一直被消失，分明我就提前帶來香燭佔位，過了一回又被他人臉盆裝的四菓給挪走。祖母還在家中的廚房忙碌，廟口這裡只能由我發落，而我不敢跟人爭辯，這是我的位置。

當天祭祀最為重要的儀式就是集體點香，面朝大廟跪拜。點香時辰已到，結果祖母還沒前來。我沒去拿香，我如何代表我們家？只好雙手合掌，雨滴持續落在帆布，因為避雨的緣故，所有信眾原地下跪，我也跟著跪，趁著布袋戲棚與歌仔戲棚的鑼鼓聲響，一人閉眼祈福，內心卻是無言。

後來祖母終於趕到現場，這時已是自由活動時間，平安橋也正式啟動，祖母要我快去排隊，我卻邀請祖母跟我一起同行，我們一起走走看嘛。祖母擔心她腳路緩慢，影響他人，我說坐輪椅的都扶欄杆上去，沒道理你不上去。且看昨日特地返鄉的善男信女，甚至有人牽著他家的吉娃娃貴賓狗一起過，說完我們兩人笑到歪戈七剉，一度動念要把當時健在的人瑞曾祖母推出來。

祖母被我說服，於是我們祖孫手持一炷清香，等在人龍之中，有人把香舉得高高，有人的香被雨滴澆熄。祖母在前，我跟在後，錯身而過這四個字完全無法派上用場，自然也不會有什麼平安橋之戀的愛情故事。祖母真的超級緩慢，法師說一次只能一人經過，安全考量緣故，我心想他不是法師嗎？怎麼變得這麼科學。那日我在橋頭目送祖母小心翼翼、搖搖晃晃，那時她的雙腿輕微變形，可以感覺排在身後的信眾，也都伸長脖子張望前方這名婦人到底還要多久。一時之間，我像是來到百戰百勝的競賽現場，只差拿出加油棒或者彩色球當起啦啦隊，因為過完平安橋可以換取小袋裝的平安米。

以後的人生，我也走過不計其數的平安橋，比如那種提供整台車子通行的設計，坐在車內我都不敢笑場，因為好像洗車隧道自動灑水，只差沒有加裝滾動式刷毛。過年推出的平安橋，則以值年生肖作為造型。那年我在故鄉廟口過橋的經驗，可以複製貼上在其他城市不同廟宇的平安橋上：比如你會看到年邁老人走得相當吃力，讓人想起復健中型大型練步器材；也有放任兩三歲小孩自己狂奔，父母親已在橋的那頭等待，平常或許愛看日本綜藝節目吧，拍手歡呼寶寶加油寶寶向前行。

那個下雨的平常日，小學同窗也都跟著家人列隊，輪到我上平安橋，身後人龍持續綿延，這座橋長不過五六公尺。沒人規定你要慢要快，老實說，你要芭蕾國標跳過去也沒人會管，但我很少聽人說起平安橋上的風景。那是什麼畫面呢。儀式之中大家相對肅穆，為此明白人生真的就是趕進度，平安橋上你我也要小跑步。

9

天公爐一百八

多年未見懸在半空中的天公爐了。以前跟隨長輩拜廟，最大疑惑就是到底誰的身高足以將香插入香爐。那時父親時常蹲下，要我跨在他的雙肩。所以插香成了我的差事。天公小爐搖搖晃晃，有時碰到祭祀香客，身高不夠，或者年紀太大，這時現場我就成了小幫手，協助許多阿公阿嬤完成這項難度頗高的工作。

我很愛的連續劇《後山日先照》，飾演祖母的張美瑤知悉自己即將臨終，夜半點燈來到神明廳堂，極其魔幻且神秘地進行著一項名為「辭土」的古老習俗。她且赤著雙腳，準備謝天祭祖，因此驚動夜半尚未睡覺的孫子耕土。這顆鏡頭，多年來重複不知看了幾次，從高中看到三十歲。所謂辭土，乃是長輩自我感知大去之日不遠，先行前來告謝天地告謝先人，按理首先自然是要先謝天，於是我們看到畫面中吊掛半空中的天公爐。當時飾演祖母的張美瑤已經相當虛弱，吃力搬來一張椅子，扶著牆垣準備站了上去，看在眼裡的耕土心想實在太過危險，連忙衝出臥房穿越院埕，協理祖母完成這道儀式。這一慌亂，就此驚動起了院埕全在眠夢之中的大大小小。

不知是否因為顧慮安全，現在很少看到這種古樸的天公爐了。以前每當有人喊出地震，我們常會集體抬頭看那一只小爐，看爐是否前後左右擺盪，這時有人說，還在搖耶；有人就說根本沒有。大家抬頭想像，看到懷疑自己貧血，看到眼冒金星，看到以為若有神蹟。

10

虎爺的難題

從小我就被告知與虎爺的緣分甚深，常從家人口中得知，虎爺時常半夜來找我玩，有次爬到床底，搞得不見蹤跡，嚇得以為被抱走了，未料這時床底傳來吱吱笑聲——我正在阿嬤的眠床咖，對著空氣比畫，像是跟誰正在玩鬧呢。

虎爺供奉在一間私佛仔，父親稱他黑虎大將軍，說祂大，可是神偶本身相當迷你，幾乎可以放在掌心。曾經我真將他捧在掌上，迎回老家三樓供奉。據說當時虎爺提案要來我家寄住，於是我被指派前去呼請。那天我們來到宮廟，燒香稟告，小心翼翼把黑虎大將軍用紅布包覆起來，坐在父親機車後座的我心想，要是不小心手滑掉下去就害了。

連同虎爺在內，當年隸屬私佛仔的眾神明，以及父親的友人，大哥哥與大姊姊，常被託夢的姑婆，離家而去的浮浪貢……曾經是我們家生活的重心所在。我們動不動就往私佛仔去，因而衍生而出開壇問事的故事。

虎爺安座在神龕底下，老大人蹲不下去，常由孩童替代插香。現在到廟祭祀，虎爺香爐仍是由我負責，即使我的身軀已經放大，撞到桌角更是常有的事。

我家附近的庄頭廟也有供虎爺，當然位在神龕底下，打造如同山林洞窟之穴居，一個神仙洞府的概念，隔著柵欄，以防被偷。曾經有次賞兵儀式，集體燒香之後，拿著祖母遞交過來的香枝，爬到桌下，搶到第一。參與賞兵儀式的多為地方媽媽與地方阿嬤，膝蓋骨頭毛病特多，一不小心就閃到腰，此時順利爬入的我，忽然之間成為大家的小幫手，我也不好意思爬出去吧，這樣左一把，右一把，香枝紛紛湧了過來，由我端端正正插入香爐。所有的祈求都在我的手中，所有的託付也在我的手中。

11

入學儀式

準備升上國一的那個暑假，祖母帶我來到鄰近住家的媽祖廟。白天士農工商，路上並無人車，那個早上，廟內自然也是相當沉靜。那時媽祖廟尚未拓建，格局還很迷你，地面用的是洗石子，每次進出好像走入尋常民宅的客廳，只差沒有忘我的脫下鞋子。

那日我們沒帶供品，單純持香默拜，我們當然先從外頭的天公拜起，依序走完程序：正殿的媽祖，側殿的福德正神與註生娘娘，當然神桌下的虎爺公，一定是我彎身跪爬進去插香。今天祖母特地前來向媽祖請託，但她並不知道我將去就讀的是一所教會學校，等待我的是另外一尊聖母。

想來我只不過要從大內搭車要到麻豆念書，我的父親、叔叔也在麻豆讀完高職，麻豆距離家鄉不是太遠，祖母慎重其事，大概覺得我還可以期待。畢竟我們家的小孩不太能夠讀書。祖母常說，阮刀耶囝仔讀冊攏憨慢。家人的成績都是土土土，所以賭注全部梭哈在我身上。

我鐵定不是一個會讀書的孩子：國小很亮、國中硬撐，高中垮掉。數學聯考被自己的分數嚇呆。我就讀的大學，阿嬤說她沒有聽過，知道是私立學校她有點失望，不過到底還是家中第一個大學生。我去東海之前，她還塞給我一千塊。

或許從小就被當成放山雞照養，二爺與祖母比較關心我的課業，二爺會逢人炫耀我的作文寫得多好，並把獎狀齊整貼在客廳牆上；祖母比較積極，她與我的導師很有話講，年紀相近的緣故。學校老師以後對我特別關照，用現在的話來說就是超級偏心。

祖母大概厭倦妯娌之間的比較，而且結果是處處都被比了下去，如此想像我的父親、叔叔的成長環境多麼艱辛，主要還是祖父早逝的緣故。這個沒有父親的家庭多災多難，注定需要一個出人頭地的小孩。

我考上台大那年，祖母早已臥病，無法與她分享成為厝邊鄰居頭個台大碩士的喜悅，她的意識已經越來越糊，她的妯娌同樣七老八十。殆及我要報考博士，祖母已經多次出入加護病房。過世前天，我去看她，她不知從哪聽來我在考試，開口就說：你博士有沒有中啊。不會讀書的我其實超會接話，我說當然考中了啊！我還加碼，告訴祖母說我可是我們宗族內頭一個博士。

我的分貝拉大，醫院護士與吃點心的婆婆們全聽到了。紛紛轉頭稱讚祖母，祖母真正開心，瞇眼笑著。實情是我連碩士都沒念完，幸好這個沒有父親的家庭，最後還是迎來了一個狀元郎。

12
廟會服裝時尚考

每次廟會都會訂製專屬衣服，不同年份就有不同色澤，款式相差不遠，夏天的廟會就有短衣短褲，冬天廟會則是長袖長褲，以及一件尼龍外套。廟會結束之後，這些衣物繼續穿在身上，成為一種情感標誌，如同鄉間的制服。

我常看見不同科香的衣服同時出現在菜市場，也常看見同一科香的衣服，拿來混搭當成工作上田的打扮。這些衣服的演化史即是廟會的演化史。至今我家衣櫥還有父親參與民國八十年廟會的夾克，那是一場冬天的遶境，還有錄影留存。畫面中大家全都穿上墨綠色的風衣風褲，標楷體寫的清水祖師四個大字。十數年下來，整個衣櫃掛滿各式各樣的廟會服飾，隱約還能看出流行的變化。

衣褲之外，同時訂製的還有尼龍小帽，這頂帽子，你在榕樹下、小診所、農藥行、里民服務處常常可以看到。這頂帽子比起衣褲，更是方便拿來穿搭。天氣怕熱下起小雨都能派上用場，帽簷更是大字清楚寫著隸屬的神明與廟名，身體與地方的情感連結更加親密。誰去哪裡鬥熱鬧，看他頭上戴的帽子就知道了。可惜我家的人都不愛戴帽，那種客廳常見的衣帽架，總是層層疊起好幾頂宮廟帽。黃顏色與紅顏色最常見，因為經費常常有限，設計相對簡單，奢華一點可以幫你繡上名字，不然就自己拿麥克筆寫。綠顏色的帽子當然要迴避。

國小時期升旗典禮都要戴帽，忘記戴要記一次違規。男帽是黃顏色，女帽是紅顏色，有次國歌唱到一半，低年級的隊伍傳來一陣騷動，原來有個小弟弟把他阿公的宮廟帽戴到學校來了。

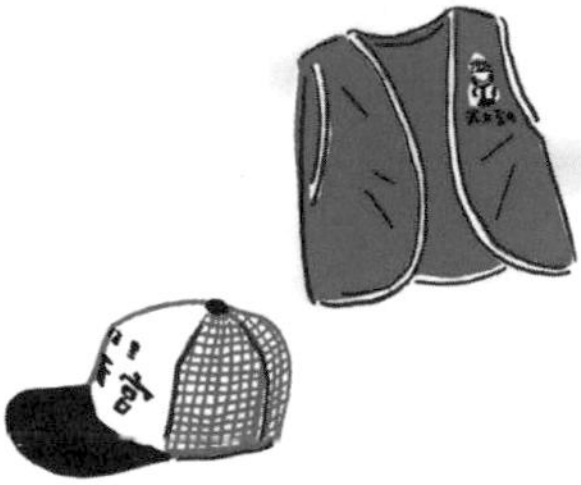

13

常設展自主練習

廟的龍邊是辦公處與廣播室，虎邊則是供奉宋江爺與擺放宋江兵器，兩邊格局既對稱又一致，我們常到虎邊，主要是這個空間同時用來儲藏，許多物資暫放在此。尤其廟會籌備期間，各界寄付的礦泉水箱成山成塔，好像從來不怕有人進來偷拿。

虎龍兩邊與正殿看似接連，實則留有一方天井，這間老廟很古很雅，可惜已經拆除。人在廟內，可以感受風吹日曬，下雨的時候，廟身也能接到雨水。這裡很神聖，這裡也很日常。虎邊側殿也是在地村民的臨時投開票所，因為距離我家很近，每逢選舉，我就跑來人擠人，聽開票，一路見證省長總統、國代立委與鄉長村長。

每次來到龍邊的辦公處，好像走進公務機關的各處室，突然肅穆起來，這裡分明是個開放空間，還有一座象牙白瓷的洗手台，搭配一面乾淨的圓鏡，紅色楷體漆字寫著贊助單位。只有會議的時候，人群走動較多，有人洗手洗臉。平常廟邊相當安靜，懸掛的電視，堆疊的日報，辦公桌上擺放喜糖，我常來拿一粒沙士糖，不動聲色，含在嘴裡。

當時最吸引我的是辦公處的牆上，以及壓在桌墊下的廟會寫真，那些照片如同鄉鎮開發沿革，在地信仰的記憶憑據，我常一人在這指認那是誰家的阿公，自主學習，也在那對照當年的老乩與現年的新乩，從前廟會經過的聚落，即是當年鄉鎮的容顏。我也看到尚未拓寬的街道，還在營業的商號，我像參觀展覽在龍邊的辦公處走看，跑到虎邊擱在暗角的圈票架想像自己正在思索。此時沙士糖已經完全融化，我想回去再拿一粒。側臥在長凳子的顧廟阿貝說：你乖，愛食全部攏乎你。

14

涼水車休息片刻

煙火聲持續地從四方八方傳來，可是我們遲遲不見遶境隊伍的行蹤，這時有些媽媽說：到底來了沒啊？電鍋雞湯還沒加鹽ㄋㄟ；有的媽媽抓緊空檔，順便灑掃一下騎樓。我們都在等待神明經過。我們到底還有多少時間？

民宅香案早早布置，並且已過好幾落香。有人騎車前去探望隊伍位置，這人通常是我，若是現在，直接就用手機看廟方直播。再說廟方臉書都會上傳遶境的路關表單，流程寫得鉅細靡遺，幾點幾分走到哪裡，只是脫隊與延後是常有的事。從前我們全都站在騎樓張望，齊心等候進香隊伍光榮歸來。

遶境隊伍的排序可是大有學問，我喜歡的往往是隊伍最後零零星星的香客，他們作為隨香信眾，常是廟務連結甚深的人員，或者單純報名參與的鄉民。信眾之後會有一台押後的發財車，載滿本次各方熱情贊助的物資：堆疊成山的礦泉杯水、一條條的長壽菸、一箱箱的鋁箔包裝飲料。

炎熱時候需要冰涼，車上就會準備一座滿水位的橘色方形塑膠水箱，極地暖化一般的漂浮數座大型冰塊。冰塊之間好多冷飲浮浮沉沉。印象最深的是奧利多，不知玻璃瓶原來浮得起來；還有鐵罐造型的冬瓜露、伯朗咖啡，以及外型有一名低身露出事業線的比基尼外國女子，通常那是津津蘆筍汁，拿在手上邊走邊喝，我都不好意思。那橘色水箱夏天庭院時常看到家長拿來當成孩子戲水的迷你泳池，如果家長很有想像力，還會一起坐在裡面，假裝是在六福村或者劍湖山玩水道遊戲。我家也有一座，經年放在田中的工寮，任它風吹日曬直至表層龜裂，然後長出青苔、生出孑孓。

涼水車經過的時候，往往也是香案正在收拾，信眾燒起金紙的時候，遶境已經結束了。我家位在遶境路線最後一段，所以方才路過的陣頭神轎，已經依序入廟。我會趕緊車子牽著，衝到廟邊去看熱鬧，而那台涼水車不用入廟，用系學會的話來說，它是場務組。

這時你就看到涼水車停在廟邊，司機且將貨車兩邊隔板卸下，許多腳瘦的工作人員，跑來拿涼的順勢跳上，很瀟灑地坐在上面，把梯穴上捲露出排骨腹肌，或者乾脆打赤膊，邊喝飲料邊守物資。腳瘦的還包括八家將、官將首、踩高蹺。他們也會俐落地跳上車斗，閉目養神，有時路人，順勢伸手拿個一瓶兩瓶，看顧的人員不太阻止，甚且逢人遞上涼水，我常不好意思去拿。

騎著單車，停在車邊，廟口已經堵塞，而我仔細看著車上累歪的八家將，難以言喻的臉部表情，心想大家真的都累了。司機大哥是常來我家的長輩，他手好忙，應付這應付那，他且從冰桶拿出一罐奧利多，遞給一名蒲扇擋臉正在休息的八家將，八家將擺手示意不要，我還呆著，這時八家將接力棒一般把飲料遞給了我。

15

媽祖即時動態

一定是光與影的變化，或是角度視線的問題，空氣中的懸浮微粒，交錯形成的一個「什麼」。住家邊的媽祖廟從前有過一次顯靈事蹟。那年媽祖本尊暫被請去它廟助陣，原先供奉神偶的位置，突然形成一個空缺，記得那天廟口正好舉辦祭祀，人潮相當踴躍。這時拜殿執香祝禱的信眾，眼睛放光，熊熊發現，原先供奉媽祖的位置，牆上清楚彰顯了座一模一樣的媽祖形象，一個人看到不算驚喜，大家都能看到這才夠奇。我們眼前確實出現一個純淨潔白的剪影。

聽聞媽祖顯靈，祖母與我本來還在廟埕準備犒賞兵馬的擺設，瞬間一秒入廟，亂入岔岔岔的人潮，用力推擠，大家搶先來看媽祖顯靈，這是媽祖的即時動態，不快點進去要是跑掉就害了。我們祖孫大概覺得呼吸困難，祖母問我看到了沒，老實說我根本不知是圓是扁，加上實在太熱，與其擔心媽祖顯靈很快消失，還不如擔心自己昏厥休克，現場眾人都說，就在神龕深處啊！媽祖留下一抹白影，而我已經呈現眼神死。有，我有看到，我們趕快出去。

那道白影持續顯示一段時間，以致大家這時不再因著媽祖顯靈而嘖嘖稱奇，倒是相當納悶，開始在想什麼時候才會消失？從沒見過如此持久的顯靈。太早去看的反而顯得躁進。

祖母說，媽祖煩惱庄內大小事，祂去外面出差，擔心附近妖魔鬼怪，所以有個分身。那陣子我三不五時，獨自一人來看牆上默娘的剪影，這時廟內早已恢復昔日沉靜，洗石子的地板好適合赤腳走來走去。

剪影一直都在。祂的解析度彷彿就是祂的靈赦力，眾人漸漸習以為常之後，只有我在擔心什麼時候祂會消失。好像祂是我們臨時的朋友，偶爾我會獨自前來偵測這道光影的變化，拜殿只有我一個人，可以清楚看見白色媽祖的模樣，心想我們媽祖不是黑的嗎？一定是光影變化形成的特殊效果，因為享有數十年的香火，神龕周圍早已一片燻黑。所以香火越盛，這道潔白剪影就明顯。

這是我自己後來得到的解釋。

果然光影日漸模糊，或許日照的角度，加上季節的變化，種種外部因素都是形構這道光影的天然條件。大家交頭接耳，聽說我們媽祖出差差不多要回來了。後來有人取來相機，拍下媽祖的神蹟，沖洗而出的照片，放大掛在辦公處的牆壁上。那道潔白剪影，又完整又高清，夏天放起長假，無聊的時候，想到我就前來看祂一眼。

16

廟邊小敘事：貴賓席

每次新訪一座廟宇，我會忍不住站在廟埕，張望四周建物的高低。那些依著廟口形成的透天樓厝，過著依廟而生的日常生活。我不知居民是否飽受干擾，或者鄰近香火於是雨露均霑。每年的三月媽祖生，約莫農曆新年過後，廟口日日夜夜都有節目進行，我沒住過廟邊，不知道會不會覺得吵。我是不怕吵，甚至相當羨慕，尤其每次遶境高潮，陣頭入廟，這些依著廟口而生的樓厝陽台，往往擠滿看熱鬧的群眾，而我只能在地表上人擠人。換言之，廟邊人家擁有親睹廟會風華的絕佳視野，我想這是露天包廂貴賓席吧。

壓軸入廟的就是本庄的媽祖大轎，這時所有宋江成員也會簇擁而上，廟會活動來到高峰，儘管是在白天，高空煙火仍舊不停施放，咻咻聲響這邊那邊，可是天上什麼特效都沒看見。

所以每次來到廟口看熱鬧，我總是苦惱於找不到理想的位置，擠太前面，怕被乩童砍到，被鞭炮炸到，而且進得去出不來；擠在後面又身影幢幢，根本什麼都看不到。那年我在人潮之中，一不小心就被擠到了最前頭，說不小心太做作，根本是我硬推才能卡到位置。本著一顆好奇心站到前線，這時發現隔著廟埕，在我對面的正是一台錄製中的攝影機。他也是好不容易找到一個好角度吧？我們各自站在最好的一邊，最好的視線，但是這樣我就完全被拍進去了不是？剛剛那我死命推擠的樣態，人在做，天在看。今天媽祖沒空理我，千里眼也沒空管我，結果攝影大哥早就全部收進去了。

其實入廟之際，廟邊四周已由宋江陣圍出一個結界，宋江成員，橫握各自兵器，以此形成一個操演空間，任誰無法輕易亂入廟的中央。我就這樣站了一下又出來一下，一心閃躲攝影的鏡頭，可是人家根本沒要拍我。最後常常什麼都沒看到，晃去附近空蕩巷弄稍喘口氣。抬頭尋找高空煙火，再看看廟邊陽台上的鄉民。這時我又心想，怎麼隨便讓人出入自家樓上，如果我是屋主，我會不會答應呢。

17

廟邊小敘事：公用電話

老式的公用電話，它就架設在出入廟邊側殿的一面白牆，不知這個位置算好或不好。講電話是這麼私密的事，而且舉頭不遠就有神明，感覺聲音不知不覺越來越小。

從小我就喜歡採集路上的物件符號，類似近年常聽到的考現學精神。我很誇張，還會數算從家門到學校的步數，沿路幾座消防栓電線桿、幾座變電箱。最引我注意的是裝在各種荒唐位置的公用電話。好想知道平常到底都是誰在使用啊。

廟邊這台電話，延伸加蓋遮雨外殼，殼上時常擺著隨手遺棄的鋁箔包；也有那種直接裝在民宅騎樓的梁柱，偷打電話全被看得一清二楚；這些電話大抵都在人車往來的熱點，里民活動中心的外邊，我常騎著單車四處巡視它們的現況。大概現在我會覺得公共的電話筒不衛生，可那時我還真迷戀一個遊戲，有事沒事拿著一塊硬幣，晚間七點，視線不清，默默跑到公用電話，打回一通連接自家客廳的熱線。其中一台，設在騎樓，距離我家不過兩百公尺，目測還能看到我家客廳，那個暫時我不存在的客廳，路上沒有人車的夜間七點，我在這頭播通，便能聽到那頭家中的電話響了起來。誰起身去接、響了多久，我也看得一清二楚。

往往那頭電話接起，我在路邊笑場，路過的人還以為什麼事這麼開心。那間暫時我不存在的客廳，像個家庭劇場，晚間偶爾會有一通要找楊富閔的來電，接起電話的人若是二爺，他會中計，而人在公用電話亭的我，遠遠看著客廳內他認真喊：羊戶閔電話。羊戶閔電話；若是碰到我哥，立刻被他拆穿，但他在那頭跟著爆笑，跑到騎樓探頭，想說這位弟弟到底躲在哪裡。

有次跑到廟口那台公用電話，時間八點半了，這種時間，一名國小同學在外鬼祟，實在容易遭到誤會——這個囝仔是不是在打〇二〇四。這座電話距離我超近，跑個步十五秒，只是無法同步看到客廳動靜。那天我又投入硬幣，靜靜等待電話接起。我那自以為是的惡作劇，未料這次造就一次嚴肅又難忘的劇情。

接起電話的是鮮少現身客廳的父親。我說威！威威威！我要找楊富閔。這時父親立刻家長模式啟動，口氣相當鎮定，他說咱叨位在找。聽到父親聲音，嚇得一時語塞，不知雙方沉默幾秒，這時換來父親的威！威威威！趁著他還在電話中，立馬掛上話筒，拔腿狂奔回家。

最後若無其事，悠緩走進家門，父親神情肅穆，拿著話筒端詳，我進門的時候，他人還在威呢。

18

廟邊小敘事：發電機

太陽下山之前，流動攤販來了。他們如同換幕過場短暫出現一兩個鐘頭。說是流動也不準確，有些攤商來了二十幾年。

我人正在廟口。我來買半隻烤鴨，週二固定的攤位。這個攤位，週間也會去到不同廟宇擺攤，有次在另一座廟碰頭，時空錯置，覺得不好意思。太陽下山的時候，我也常替祖母來買一些柴米油鹽，這事並不容易，因為你會買錯，或者不符祖母期待，最困難的是，你得應對各種沒完沒了的人情世故。比如廟口市集與廟邊商號，多少有點競爭。曾經有次來了一卡車高麗菜，大家紛紛湧了上去，我也跟著搶了一顆，回家路線因為固定經過從前常去的菜舖，手上抱著好大一顆，實在有點拍謝，只好繞路繞了好大一圈。

那些黃昏抵達廟口的小販，習慣會去廟口廣播站放送，這要付費，一次十元。這間播音小屋，非常神祕，坐落廟邊側殿，空間設計好像告解室，一坪大而已吧。大概很怕小孩子亂動亂摸，平日緊緊鎖起。聽說以前曾有小孩跑進去裡面大聲播送，瘋狂喊叫，以致鄉民以為發生什麼案件；我的高中朋友更誇張，有次跑到廟口跟廟公提議，說能不能祝我生日快樂，結果廟公真的講了，那年曾文溪沿岸的鄉民大家都聽到了。

播音故事晚近它在文學影視的運用相當廣泛，親自玩過，你會真正愛上，我也寫過幾篇跟廣播有關的創作與論文。如今我仍住在放送系統的發射範圍之中，只因我的臥房剛好緊鄰大廟，躺在床上就能清楚看到廟頂的剪粘、飛簷、還有交趾陶。

太陽下山的時候，我就在鄉間無目的散走，從家門出發，畫一個大圓，沿途當然就會經過日暮的廟口，有時碰到販售成年男子花襯衫的攤位，攤位聲勢浩大，這些襯衫既視感很強，讓我想起民國八十幾年住在城市的叔伯，心底好奇鄉下客群到底是誰？老闆且自備發電設備，架上高級照明裝置，一切都就定位了，還在等什麼呢？等著天色漸漸轉暗，等無心路過的我，走到廟庭，迎接鹵素燈泡，一葩一葩，亮了起來。

19

造勢晚會

台南尚未升格之前，我最有感的選舉是縣議員。有年情勢十分危急，我們支持的候選人為了鞏固故鄉票倉，選前之夜特地回到故鄉的庄頭廟顧票。那晚現場聲勢浩大，村民各自搖著旗子。高潮就在候選人全家大大小小站到台上，年邁的老父也學著拿麥克風講話。平常他們都是路上行走的同鄉人，未料拿起賣庫也很有板勢。我們一家到場表示支持，多少是一種間接表態的意思。夜間廟口突然湧入人潮，沸騰情緒久久不散，好多人因此睡不著覺。記得最後一刻，候選人雙膝跪地，恰好那個造勢舞台與媽祖廟門面對面，我不記得他的政見，卻從他的談話中聽見戰後出生的南部青年，一則從地方出發的勵志故事。勵志故事都有公式，大概我沒被說服，但是當晚氣氛渲染之下，不少地方媽媽全部紅了眼眶。每個人都被牽引而出更多內心的故事。這時現場有人大喊：我們自己的家鄉，要有自己的議員！

20
關鍵字：寄付

我以為廟宇可以當成課後活動的最佳地點，新課綱上路之後，廟宇更是戶外自學的好選擇。認識一座廟宇，等同認識一個聚落之沿革，處處藏滿細節，處處給你看圖說故事的天然教材，要你仔細去讀忠孝節義，詮解各種靈驗事跡。

最吸引我的關鍵字是寄付二字，原來這裡每片磚瓦、龍柱、壁畫都需善男信女的捐贈，看是以誰名義寄付，一筆一畫，幫你刻在上頭，從此就能流傳百世，來日走在鄰里，人家就會知道，哎呀，這根龍柱是你阿公獻的，那面壁畫是誰率領子女一同敬贈。寄付可以低調，也可以露出，比如那石獅往往最快被訂走，畢竟這種地方曝光度最高，有時廟都還沒要蓋，就已有人注文，一般都是某某公司行號，年少即外出打拚，如今事業有成，想要回鄉奉獻的遊子。

我曾到過一些落成多年的廟宇，卻有許多沒人認養的作品，寫著「待寄付」，我不知如何面對這三個字。基於同是創作同仁的緣故，我會想到作者的感受，那些邊邊角角的壁畫，位置先天不佳，作品再好也是無人聞問，後來竟成燕鳥做窩之地，不知要等到哪年，才有知音懂得欣賞，前來領認。

21

香條通告表

香條就是神明的通告表，公告即將前來參香的會期，某某宮廟擇於某某日期，第一次學會看香條是在住家後方的媽祖廟，長條形亮黃色的設計，格式範例像極符咒，好像在說這裡即將進行一場廟會。以前看見一有香條張貼，隨即回家稟報，告訴家人最近又有鬧熱了。

香條張貼之處，層層疊疊多少神明到訪此地的紀錄。有些廟宇設有香條布告欄，有些廟宇則是貼在梁柱上。我喜歡站在香條牆前端詳，靈感總會瞬間湧現，腦袋浮現諸多神祇在天上飛來飛去的畫面。研究廟與廟之間的互動交陪，香條大概就是最好的史料文獻。未來若有機會，我要將香條用在小說寫作，不單只是視它為應用文書，而是真正顯現此一文體內建的暗示。

二〇一三年參與趨勢教育基金會辦理的玩藝文學節，地點就在剝皮寮，毫無策展概念的我只好將整個空間弄成夜市套圈圈，我的展區在三樓，從二樓往上沿著牆面，張貼一張張的香條，而我又靈機一動，又把香條當成留言板，為此參觀的人都能留下到此一遊的祝福話語，整個空間充斥相當刺眼的黃顏色，置身其中感覺正被什麼守護著。

那次策展，主辦單位將我與藝術家李俊賢安排同個展間，俊賢爐主展示他風格極其強烈的畫作，那些畫作畫中有字，裂解中國性的意圖很明顯，漢字在畫中失去既有意義，而構成漢字的一撇一捺，早已融成為畫筆，我們因為要去拼湊字的原狀，不得不發出聲音，而這聲音又非官方國語的讀音，最後衍生而出各種讀解的縫隙，讓我想起一九三〇年代的台灣話文運動。

我第一次看到爐主畫作，覺得相當震撼，直覺這是符咒，更是藝術，符咒本來就是藝術。當時每天來到展區顧攤，與前來剝皮寮參展的讀者互動，他們一起進入我的創作，讓我的故事推得更深更遠。那個暑假我的心情特別愉快，因為文學於我的定義正在打開。

22

少年舞獅隊

打算成立舞獅隊的新聞，正在校園傳得沸沸揚揚。許多導師非常納悶，到底誰會報名？我也一樣納悶。後來學校稍微變通，讓舞獅隊成為社團的一門課，因此學生或出於自願，或誤打誤撞，最後反而吸納不少人員，從此我們的母校有了史無前例的第一支舞獅隊。

當年我沒參加，其實人家也沒選我。倒是體育組長曾經委由各班導師招募壯丁，老師挑了幾個比較粗勇的男生，而我的這種體格，鐵定要判不及格。成立之初，我們同時訂製自己的鑼鼓與自己的旗幟，以及最為貴重的那粒獅頭。我以前就對獅頭表情很有興趣，好想知道它是不是在笑？這樣想著似乎有點不敬。那些道具，平日一概放在教具室。獅頭也是教具。有次學藝股長和我，被派去拿回數學課要用的大型圓規與大型三角板，我們都被嚇了好大一跳。

舞獅隊的成員，多以五六年級生居多，所以也有老師擔心，他們很快畢業，經驗無法累積。有次上課突然鑼鼓大響，惹來許多老師非議。聽說他們正要代表學校出去表演，為此集合百年榕樹下熱身起鼓。當時我就讀三年級，三年級教室距離榕樹最近，導師指示我們來到走廊給學長鼓鼓掌，導師相當肯定學生多學才藝，這個觀念深深影響了我。我們在歡呼聲中目送他們坐上小貨車，這樣鏗鏗鏘鏘地就出發了。

教育與民俗之間的關係，我想是一個有趣但很嚴肅的題目。我們這支舞獅隊還曾參與庄頭廟朝天宮的大拜拜，並且成為遊庄遶境的一團，彼時行伍之中也有外縣市聘來的職業獅陣，我們學校這少年小獅壓力很大，卻是備受矚目。那些學生身穿印有校名的運動服裝，途經之處立刻引來路邊信眾歡呼。記得他們且在廟埕進行完整表演，人潮紛紛湧了上來。我不知道誰扮獅頭，誰扮獅尾，但他們舞得賣力，可以感覺他們有點氣喘吁吁。當時廟口接見的老乩童，手執法器，同樣對著小學生的獅頭回禮，這一老一少同台表演的場景，一想到就讓人激動莫名。

我曾見過一幅畫，小學生的寫生畫，畫作主題是校園中的紅跑道，畫作張貼在學校穿堂的公告欄。跑道正在進行各式各樣的活動，有人正在大隊接力，有人正在拋擲棒球，有人放雙手騎單車。幼稚園的老師帶著一群圍兜兜孩童玩遊戲，這畫所以讓人難忘，正是操場上的綠草地，畫有孩童正在弄獅。這隻弄獅是粉紅顏色。畫中的舞獅相當淘氣，四腳朝天，因此露出獅頭獅身底下的真正面目，看得出來是兩名好清秀的小男生，穿著印有國小校名的運動服，可以說很在地也很接地氣。

兩個男生彷彿和獅子一樣笑到合不攏嘴，光天化日之下，玩得樂不可支。這畫給我許多關乎創作的啟示：原本不被看好的民俗活動，不僅成為學生生活的環節，甚至融入他們的感知，最後啟動他們的想像，成為他們的創作。這幅畫作校慶時間貼在玄關展覽，我常假裝沒事，在旁觀察讀者反應。那日獅頭獅尾兩個男生也來看畫，他們面面相覷，心想這是在畫我們嗎？接著脹紅了臉，指著彼此直說：你幹嘛笑得這麼開動，你才笑得那麼開動。

23

深山林內小便所

小學四年級，週三中午放學之後，一群同學相約單車鄉間懶懶蛇，我是屬於沒人管的孩子，想出門就出門，所以活動常是由我發起。

我們有個固定班底：家裡種植芭樂樹的凱蒂、後來去上資源班的鐵枝，住在山區為此留在鎮上等候家長黃昏下班接送的龍鳳胎姊弟——龍鳳胎姊弟兩人單車雙載，畫面光是想像非常龍飛鳳舞並且可以截圖。他們的車子是凱蒂阿嬤那台很會烙鏈的淑女車。

我們得先同學家門集合，那些不能出來玩的，隔著門窗與我們招手，或者我們喊了半天沒人，整排樓厝，三合院，鐵皮屋皆在睡中午。大家交換眼神，彷彿還在教室，生怕吵到了人。

遊魂一般晃蕩在山區的午後，最困擾我們的事情，往往是尿急的時候是該怎麼辦？電影與小說告訴你：隨地拉下褲子那就好了。可是這對小三小四的小大人來講，已經有點不好意思。

有人提議繞路回家，還能順便開個冰箱；有人提議回去尚未全面保全系統管制的學校，可是擔心遇到還沒下班的班導。鄉下地方沒有太多公共設施，最後我們選擇的地方往往就是廟邊的洗手間。

廟宇廁所的空間配置，大概適合拿來當成文化研究的題目。格局、造型全因廟的規模而不太相像，並且搭配不太精確或太過直接的修辭：聽雨軒、水濂洞、觀瀑閣。我們這種鄉下地方，若非進香旺季或者祭祀活動，平日誰會沒事來跟神明借個方便？這些洗手間的使用者，往往僅限常來走踏的信眾。

我家附近的媽祖廟，也有一間便所，蓋得隱密，距離廟的主體還有一段小路，曾經那是沒有小便斗的廁所，放眼望去就是整條水溝，水溝還貼造型馬賽克磁磚，只是完全沒有隔板；女性使用的隔間，常有慘重災情，我是從來沒有用過，只有一次，出自好奇，鬼祟從家門口特地跑來尿尿，這種沒有目標的尿法讓我十分尷尬，站了半天什麼結果也沒有，低頭面對長長的溝渠，用力吸吐，現場氣味十分複雜。

那些午後，我們總在征途尋找得以解溺的去處：大廟便所比較整潔，還有綠色美化的巧思，常常懸吊一盆盆萬年青。我們去廟邊尿尿，就會順道也去廟邊的雜貨店買個涼；而山間小路的有應公廟未必會有廁所，若有，常是小廟香火旺盛，有緣人加蓋的；豪奢一點，可以仿照國道休息站那樣建設長長的洗手台，長長的透明鏡，經費有剩說不定還有洗手乳。我到訪過的小廟廁所，多數只是簡易流動設備。幾次進去，空間促狹，站也不是踩也不是蹲也不是。整個人呈現一種詭異的姿勢。小廟廁所平日誰來清洗？問題真正把我考倒。

那天我們去的小廟，它的廁所蓋得很遠，坐落果園中央，這是凱蒂告訴我的，只因她家田地就在附近，所以知道這廟蓋有一座流動廁所。陽光如此盛大，他們全在樹下等我，放我單槍匹馬一人出發。現在想來怎麼這麼風雅，隨便找個地方，沒人看到就可以咻咻咻了，鐵枝與龍鳳胎的弟弟，他們即是就地解放。

我就這樣獨自走進空蕩無人的神秘果園，想像一下，上個廁所，周邊全是纍纍果實，廁所的故事也是收穫的故事。如廁完畢發現迷失林中小路，而日光瀑布一般的傾瀉、篩落在樹的葉與枝與幹，這畫面看得簡直讓人傻，傻到讓你站了不知多久，直至朋友喊聲好了沒有？你被狠狠拉回現實，對著天地應答：「好了。」

24

自動抽籤機

時常在名勝風景區看見一座大型自動抽籤機，投幣式的機器，外觀罩著透明玻璃帷幕，娃娃屋一般的，你可以看到袖珍的牌樓，袖珍的廟宇，放入十元，旋即響起一陣梵音。這時廟宇深處，突然兩扇小門招開，蛇蛇走著一名裙襬拖地的仕女。她雙手平捧一張盤子，不知在忙什麼，出來繞了一圈，你從上低頭注視，最後目送這位少女入廟前去領取你的籤詩。

我小時候真是愛死這台機器，卻不敢當著父母的面前投幣，求籤大概是一件很私密的事情吧？再說年紀那麼的小，什麼事情不好告訴爸爸媽媽？

這台機器我在許多廟的周邊玩過，我常心中沒有什麼想問，可是硬幣自己投了進去，大概我就愛看這個電力與神力交會的瞬間，偏偏我又不是很信科技的人，一直放錯重點，擔心如果機械突然故障，那名仕女卡在半路是該怎麼辦？或者端出籤詩的途中，惡作劇的男孩故意劇烈搖晃機身，因此籤詩掉到地上，唉呦，這又如何是好？

但我最最擔心的是：如果仕女進廟取籤，遲遲沒有推門而出，我是要打電話去哪個部門求援？那次畢旅，一路向南，我們一群男孩女孩圍在機台，瞪大雙眼，投錢的又是我了。這時全場陷入靜默，毛躁心想也太久了吧，越久就越像真的，可能你的問題實在太難，你的命運非常奇險，仕女正在廟內跟老天研擬，就像博杯博了半天都沒得到呼應，而替我上天取籤的這位女孩，不知到底內部會議發生了什麼事情。那天我們一直在等，一直在等。

這時對面擺攤賣涼水的女販，出了聲音，一邊忙著自己的工作，一邊不知對誰說話，說她不會出來了啦。她不會出來了啦。

25

許願池小氣鬼

那座許願池養了很多錦鯉，池邊亂石假山躺著曬日烏龜，許願池底佈滿各種硬幣，一元最多，五十元最少。大概我很摳，只能掏出一元，聽說只要擊中銅鑼，就是神明應許你的心願。我左右看了一下，發現大家似乎放錯重點，一心只想擊中銅鑼，玩到最後竟然忘記許願。

我很少許願，個性上堅持一切靠自己，以致每年生日閉眼默念的時候，腦袋常常辭窮。那年我們來到南鯤鯓代天府，外公難得同行，母親與大小堂妹也都跟來。南鯤鯓是阿公阿嬤的最愛，遊覽車永遠一台接過一台。那是年初六，我們選擇南鯤鯓當成年節走春拜廟的終站，同時在廟的不同角落，留下許多照片。

其中一張即是我們在許願池前拋擲硬幣，這種時候母親最為入戲，八十歲的外公也跟著玩下去，他們兩人正在比賽，大小堂妹在旁扮演啦啦隊。我則忙著捕捉這對父女難得愜意的神情。母親是阿公的二女兒，也是四名子女之中最不讓他操心的一個。誰知幾個月後母親罹癌，手術化療，整個劇情變化又急又快。消息傳到外公耳裡，母親早已完成手術回到病房。外公說他要來看，同時推著乘坐輪椅多年的外婆。

那是六月底七月初了，台南成大醫院特等病房，空間特大的一等病房，是我執意要訂的房型。不喜太過沉悶的談話，我們開始分裝探病送來的各種果盒，母親躺在床上，但她精神佳，手指比這比那，說吃不完全部都要外公帶回家。

外公四名子女計有三名罹癌，其中最小兒子已經遽返道山。母親術後照顧都由我們兄弟負責，生病也不想增添他老人家的憂慮。那也是我相對脆弱的一段時間，不知要跟哪尊神祇祈求母親康健，坐在病房寫稿的我覺得自己好老。不過幾個月前，我們過年去看花甲，開心吃著預購的年菜，還去南鯤鯓拜拜。

我常在病房滑手機，瀏覽生活變化，用以校準自己日子的亂無章法。我已離開母親身邊太久太久。這時看到許願池前的一張側拍。母親外公多麼生動。這才發現照片的格式是動態顯示，可以看到一到兩秒的錄影。

我點進照片，聽到鏘啷一聲。不知現場是誰的硬幣擊響了銅鑼，有沒有快快閉目許下一個心願。

合境平安

26

平安符實作課

念了私立的中學六年，補習六年，父親接送六年，結果大學考上私立，我自己心中藏著很大歉疚。即便是我熱愛的學校，但對於藍領的雙親，無疑是延長他們的經濟壓力，大學學費更貴，我從沒聽過他們反對。八月放榜不久，特地找了一個週末，開車帶我先來認識校園。

我真的花很多錢，別人有的我都沒少，別人沒的我也開口敢要，高三還跟風跑去城市聽名師補習，我沒有公私立的情結，可是考上國立算是他們對於大學認知的底線。我阿嬷沒有聽過東海，她知道的大學總共三間：一所叫做國立，一所叫做台大，一所叫做成大。

父親大概是最在意的。學測成績根本我都沒有通報，只說我要參加七月的指考，指考成績咪咪卯卯，自己做完落點分析，父親輕描淡寫說了一句要不要填個英文系，說完他也沒再提起。北上準備入學當天，魔術一般變出一枚平安符。這枚平安符至今仍在我的身邊，歷經無數波折，隨我四處走踏，讓我出門在外也能獲得清水祖師守護。父親以前篤信清水祖師，而我小學三年級就開始補英文了。

他以前常跟親友說，祖師爺告訴他，他這個小兒子將來要做大事，也不管我就坐在身邊，聽到被cue於是坐姿優雅一些，心中並不明白做事還有分尺寸。每天讓我沉浸其中的看來都像小事：比如看書、寫字與胡思亂想。但也從此知道做事有分尺寸，同時更有分寸。我們家的孩子個性偏向沉穩，至今沒有給他惹過什麼麻煩事。

這枚平安符陪我十五年了，我想它一定可以陪我更久。我從來不知宮廟也有這種小設計。我們常去的清水祖師廟，外觀只是一間民宅，神壇旁邊還有居民住臥，終日昏昏暗暗。每次出入，都有侵門踏戶、打擾人家之感。我想像父親是用他粗魯的雙手，瞇著眼睛，仔仔細細在那幫我親自手作；我想像他一定也是逢人就說，是要給我庇護。這間宮廟的長輩看我一路長大，他們也都以為這個孩子以後要做大事。

我上大學那年，我們與宮廟的互動已不活絡，主要是父親忙碌，而孩子也都大了。可是父親第一時間想到的還是祖師爺。世上關於平安符的故事，我想大同小異，我的沒有比較特別，唯一要做的就是將它妥當收藏。我的東西都用很久，手機、皮夾、愛情……還有平安符。平安符的造型也都大同小異，幾次將它檢視，裡面的咒紙摺得四四方方。我從來不知道上面寫些什麼字。可是怎樣的書寫，怎樣的文字，可以讓人隨身攜帶、供人自由索取？寫作與符咒的奧義待我繼續破解。這是清水祖師送給我的創作課。

四．春日海風的送迎

夜間香燭車來了

老家緊鄰大馬路邊，自我有著記憶以來，每個週四，即是夜市的擺攤日。這個夜市算起來年紀比我還要大，三十幾年。不少攤位來了一次就走，也有駐紮停留也是三十年。比如那鹽酥雞，那紅豆餅。一條夜市街仔維繫著一段在地故事，而我在其中遊走、離開，外面世界繞了一圈。現在我常看著這些頗有歷史的攤位發呆。比如那牛排豬排攤位，比如那花枝鱔魚快炒。在我眼前仍是這條夜市街？今昔對照是必然的，變與不變的感嘆都很常見。我的心中多少興生一些感觸，只是，我還想說些什麼？

就說一些剩餘的東西，撤攤與擺攤的前後，清掃街面的隊伍，或者印象深刻的交易，突然降下的大雨，除夕夜的少數攤販，都是零零星星的敘事，向你鋪成一條放光的暗街。就說一些看似逸出夜市軸線的經驗，但又與夜市緊密關聯。

我家門口是沒有攤位的，位處彎道，加上附近有車出入的緣故，印象中只有過一攤賣羊肉羹，用現在的話形容就是年輕人創業。那夫妻倆人生地不熟，看上我家門口，記得他們襁褓中的孩子，一整夜哇哇叫個不停。那時祖母相當大方，不僅歡迎擺攤，更在騎樓招呼，好像變成我們家自己的事。實則這些沿著馬路搭起的夜市攤位，如果沒有自備發電設備，電力通常都從民宅轉接，一個晚上意思意思，至多收個五十塊。那次羊肉攤試試水溫，生意的好與壞，當晚連我都替它緊張起來。我們最後沒有收下五十塊，賣不完的羊肉羹全部分送給了附近住戶，我們這附近都姓楊，許多長輩不吃羊，伯公就不吃羊，年輕夫妻並不知情，不停遭到婉拒，最後我家獲得好大一桶。下個禮拜他們就沒有來了。

也曾有過一攤賣菜車，它的攤位就是它的後車斗，位置在我家隔壁的隔壁的隔壁，畫面看起來很像臨停。夜市也有在賣菜的嗎？人家生意可是強強滾。婆媽圍著車身挑選各種菜蔬，遇到車體空間不夠擺放，腹地延伸來到騎樓，放眼盡是成堆的大顆的高麗菜，以及一個又一個高過於我的大竹簍。那座騎樓其實原就擺著一組完整的家具，從客廳淘汰而出的長桌與沙發，桌上並且擱著當日的早報，平常沒有夜市的時候，白天我常在這看這戶人家訂的《聯合報》與《中國時報》，我家看的是

《民眾日報》。夜市來的時候，原先的家具就會變成中途站休息區，有時鋪起白天的報紙當桌墊，好多人就在那吃了起來。而我做些什麼呢？我就在那菜攤跟著祖母人擠人，白天買過的菜又買一次。祖母是不逛夜市的，她的移動範圍就是只到隔壁的隔壁的隔壁。

以前還有一台賣香燭金紙的發財車，車體跟賣菜車差不多，距離我家也不遠，停在夜市口，一個三角窗的黃金地段，生意也是好得嚇嚇叫。我常委命來替祖母買大枝香與小枝香，以及因應不同祭祀對象的金銀紙。對於小學生來說，買香燭這差事實在太難描述，大枝香是每天清晨騎樓祭祀的必備單品，使用量相當高，所以一次都要買個五六包；小枝香則是用在初一十五，或者廟會遶境與祖先忌日。每個週四我都提著一大袋進門，全家像在驗收我的採集成果，像是日本電視的綜藝節目，經常我都是買錯的，祖母有時親去更換，懶得去就說放著以後用。我家收納這些香燭的地點是在電冰箱上，天知道至今還有幾包沒有拆封，而祖母已經離開我們六年了。

距離我家最近的，最為經典的攤位，自然是正對口的牛排豬排攤，我從一客六十吃到現在不知價格多少。因是整個夜市唯一一攤，約莫下午五點開始人潮湧現，直至晚上九點，露天的紅色桌席還是滿座，在地國中的晚自習學生，幾乎是整班帶來當消夜。多少年來，我的同學總在我家對面吃牛排，他們同時可以直接對準我家的客廳、電視，家人的一舉一動，這讓青春期的我非常羞赧，為此好長一段時間，週四晚上我就躲在樓上不敢下來。

不過牛豬排卻是我們週四固定的晚餐。前陣子我還跟十歲堂妹一起用餐。我們習慣請店家老闆，將燒燙的鐵板直接穿越馬路，特技一般的端到我家客廳，獨屬於我們的一種「內用」。我們甚至將番茄醬辣椒醬一整籃帶回家，刀叉面紙一應俱全，手續步驟沒有馬虎。祖母在世的時候，我們只敢點豬排，而她負責幫我將蛋翻面。某年，有個親戚到訪，點了一客牛排，黑胡椒醬，他大口吃肉，且跟我們細緻分析肉質的差異。祖母不講，但是現場陷入一片尷尬。這個親戚後來很少再來，而如今我也變成只吃牛排，懂得生熟，手舞足蹈，說得頭頭是道的人客了。

這讓我又想起一件更細微的事。某年村子的市街上，開了一間牛排館，紅色彩球高高掛，引起很大騷動。在這務農為主、人口外移的聚落，牛排館的生意要怎樣才能起色？大家紛紛都替店主著急起來。我一直沒去光顧，主要是不敢獨自內用，卻又不知約誰一同前往。有次母親答應與我同去，那天正是週四夜市，我因此晚餐忍著不吃，一心等著母親回家帶我去「上館子」，而母親加班的時間不停延長。六點。七點。八點還沒看到車影。這時祖母要我隨便買個來吃吧，我卻無來由地只想大哭。週四是母親工廠的出貨日，加班至午夜十一二點是常有的事，所以我到底要不要、該不該等下去？

八點半的時候母親回來了，她也知道我還在等。我們母子抵達牛排館的時候，店裡只有一組客人，大家都去吃我家對面的夜市。母親加班先行用過晚餐，所以她只坐著陪我，鐵板來的時候，我們紛紛閃避，舉起白色紙巾，動作好像跟誰投降。我們仍點豬排，內容排除了麵條與肉塊，還有一些零零星星的佐料，特別吸引我的注意：比如那切成花狀的胡蘿蔔片，一小朵的綠花椰，縮小版的玉米（當時我不知道它的本名叫做玉米筍），以及讓我滿臉黑人問號的四季豆。母親同時替我將蛋翻面，幫我將肉切塊。我們都覺得配料豐富，但也感慨生意難做，尤其遇到星期四。那時母親上班的衣服鞋子都沒換下，而我其實早就失去吃的興致，感覺人家也要打烊了，於是看似吃得細嚼慢嚥，其實內心相當焦慮。

細細回想，長度不過三百公尺的山村溪邊夜間市集，那時一個晚上，來回走個六七趟是常有的事。我都是一個人逛。拖鞋、手錶、唱片、鬧鐘，通通都是在夜市買的。年紀更小的時候，我也流連忘返在遊戲攤位，尤其是大人愛玩的夜市冰果，後來因為擔任班級幹部，覺得好像不宜。有次，時間還早，攤販還在架設，暑假快要來了，我跑到夜市中段那打彈珠的，掏出存了一個星期的零錢，那時我有個衣服造型的零錢袋，鈕扣打開可以掏出許多十元硬幣。而我一枚一枚的投擲進去。

我想是天色還不夠黑，以致彈珠檯介面下的燈色亮度不清楚，我常無法判斷彈珠目前應該落在哪條航道才算得分，於是只好一邊用手拉桿、一邊用手去遮。連老闆都替我緊張，努力幫我擋住各種光害。我們一起看著彈珠滾動在立著一根根如同神經叢或者牙籤棒的平面滑坡，零零星星，每顆彈珠都走著奇奇怪怪的線路，像是智慧型手機的螢幕解碼。獨自坐在路邊的我，一心希望天色趕快變黑，那麼提示得分的紅色燈號才會更亮更顯。

天色全部暗下來之後，成績漸漸起色，最後我竟贏回一打的鋁箔包泡沫生活綠茶，一打總共十二入，穿過夜市鬧路，攤販燈色給我照明，原來這是一條星光大道。

十二入剛好湊成供品拜拜，這是老天安排好的事；而祖母託付採購的大枝香與小枝香，我就等夜深一點再跑出來買。

等戲

那座戲院距離住家後院不到一百公尺，離祖厝更近，連我自己也不敢相信，原來家離戲院這麼近；而從我此刻敲字構思的三樓書房窗台探頭，還能依稀看到當時戲院的格局。戲院自身是座二樓簡易建物，據家中長輩描述，從前拿來放電影，也演歌仔戲與布袋戲，可以想像上世紀六、七〇年代，我家附近曾是聚落最為繁華之處，媽祖廟、菜市場、小學校各自就位，依序長出一個仿若老街的樣廓，而我們世世代代在此繁衍。

如今戲院現址變成民宅，我不知道它在什麼時間點歇業，它的門口仍有昔日紅磚砌成的售票亭，遺跡般的兩個小洞，好像瞬間會有一隻手遞出票來。童年時期，我和一干堂兄弟姊妹常到亭前玩著假裝買票的遊戲。這是一則隱喻？一群想要看戲的孩子，卻不得其門而入。就在戲院門口，我們懷想昔日鄉村的看戲歲月：川流不息的人客，短暫棲居於此的戲班，白日夜間迴盪不止的電光聲色，現代電影的、傳統戲曲的，喔，那是怎樣的一種生活方式？

雖然世居戲院附近，口述問了家人，大家卻說不曾進去看戲，倒是因為戲院與祖厝相連，共用一面磚牆，牆的一面經常正在做戲，牆的一面祖母正在滌洗。牆上多少都有空隙，祖母說她偶爾湊過去看幾眼，更多時候則是用聽的。也許祖厝本身就是一座戲台吧，家族故事遠比台上還要精彩；也許「戲院」本身存在的樣貌更加令人神往，我的腦海有幅畫面：一間老舊的戲院，東南西北皆是三合院，它被不同人家的祖厝環繞，儼然像是私家戲台，而街上就有一個拿著大聲公騎著三輪車的三明治人坤樹，沿路放送即將上映的電影名目，看著人群來了又去，去了又來。

我有記憶以來，村子就沒有運作中的戲院了，看院線電影最近要到四十分鐘車程的台南府城。然而在我尚未出生的年代，鄰近鄉鎮仍有不少私家戲院營生，那也是父親母親年少時期看戲的所在。麻豆戲院大概是最常去的，電姬戲院尤其有名，它的建物現在外觀看上去還是超氣派。我以前寫過一篇小說，主角是一對祖孫，對他們而言，最時髦的休閒活動就是去台南市看電影，想來正是我根深蒂固的生命經驗：一個渴望更多故事的身姿，一次又一次來到售票亭口的鄉野孩子。

倒是住家對面，八〇年代末、九〇年初期，曾經開過一間錄影帶出租店，這也間接說明了看戲型態的現代轉變。那出租店離家更近，走路不到二十秒，店的空間是日式建物，現在閉門深鎖，偶爾有人跑來打卡。那時我們兄弟三不五時跟隨父親前來租片。父親看的多是戰爭片，我們都挑軍教片、非洲先生歷蘇的系列電影，或者知名卡通的電影版。那時老家三樓的電視，配有一台錄放影機，成了我們的家庭視聽室，此外還有一台汽車造型的捲帶機，我家那台外觀是紅色跑車，總是由我負責進行一個倒帶的動作。我常想起後來閒來無事，我也喜歡伸出一根手指，獨自一人在那往前往後轉個不停。有次機器故障，徒手捲帶，記得正是一部戰爭片，我像在親手體會故事的長與短，形塑自己對於故事好壞的美感。漸漸的，錄放影機壞了，我們很少上去三樓，錄影帶不流行了，那捲帶機卻還健在，我們將它移駕木製的酒櫥，如今竟有一種老爺車功成身退的感覺。

幾乎同個時間，第四台的風氣吹進了鄉間，還記得大哥與我在客廳樂得跳腳，祖母被我們嚇了一跳。頻道數量一時暴增，沒事的時候，我就從零台按到九十九台。我的很多電影都在電視看的，或者說電視放的電影，和電影院播的電影，之間的差別究竟在哪呢？那時每天等候家中訂閱的報紙，娛樂版的下一頁就是節目表，為此認識了許多電影頻道：東洋的或者西洋的，類型的或者不分類的。時間切割越發精細，故事分類也越顯紛呈。賭神系列或者周星馳電影不知刷過幾次，連台詞都背得出來。想來居住環境的先天限制，從小看的電影並不算多，但對同個故事在不同年代的流轉形式格外敏感，那是故事的傳播小史，也是故事的故事：它們曾在戲院演、在戶外風吹日曬，或者把戶外搬到室內來放，而後電視來了，然後是網路是手機，螢幕越來越小，受眾對於故事的體感會有不同嗎？原來故事也有它自己的身世，有時還比戲的劇情還要精彩。

我家算是很早就裝第四台的，一時之間，客廳成為鄰里厝邊聚集的所在，我幾乎看完所有電視台的鬼片，白天揪眾一起來看，大家搬來凳子，好像回到電視剛出現的老三台年代。我因太過害怕躲在客廳門外，以為畫面變小，殭屍就會跟著變小，恐怖程度便會趨緩一些；也有露天看戲，通常是清水宮聖誕千秋的廟會夜宴，當晚廟埕搭起布幕，信眾不分老少自己劃位，老實說我根本坐不住，現場全都走來走去，放的是極復古老電影，可我記得總有幾個孩童看得特別入迷，最常看的是武俠片，飛簷走壁，有時晚風吹過布幕，人物的五官跟著起起伏伏，那些因著皺褶而在布幕呈現的故事，比起故事本身，同樣更加吸引童年的我。

一路娓娓道來自己關於電影的接觸小史，說的其實也是家族史，生命史與心靈史。我要到高中才初次踏進電影院，就是在那四十分鐘路程遠的台南市，那時網路也正大舉入侵我們的生活，看到電影的方式多了，片源的選擇也更多更雜，這時我又想起老家後方的露天戲院，以及那座模樣並無改變的磚造售票小亭。高中時代，我常在三樓後窗，看著屋後戲院，發一個很長的呆，猜想上個世紀，多少好戲在此上演；台下曾經坐過哪些鄉人呢，是否也有熱戀中的愛侶，或者盟誓或者分手。原來影像與我的緣分早已種下，我是要到很久以後才驚覺，驚覺自己是在一座歇業戲院周邊長大的孩子。

這孩子在等戲，未來他會很喜歡說故事，他想說一個關於一座被三合院包裹而住的戲院，以及痴痴等在票口張望的故事。這孩子也喜歡發明說故事的方法，愛說但也愛聽、能聽，如同他那當年沒錢進到戲院，僅僅一牆之隔，也能淡定聽戲的祖母。

兒童戲：麻將紙美感練習

民國八十二年，解嚴已經七年，我剛讀小學一年級，傳統過節的氣氛濃厚，諸多舊俗還在沿用，當時三伯公習慣初一燃點長長鞭炮作為開場，而我們裹著冬衣站在騎樓摀住耳朵，以此歡欣迎接嶄新的一年。

其實除夕圍爐過後，當晚住家附近陸續架起牌局，我家隔壁樓上就有一攤，那時理髮店已經退租，只剩曾祖母住在二樓尾間，整層樓仔宛如空屋，我們沒有續租打算，而且跟人瑞一起住的風險實在太大了。這間空屋自然是過年拿來打牌的首選。選在二樓群聚太招搖，那就上去二樓吧，反正曾祖母聽力超弱，不會影響到她。當年牌咖都是自己親戚，我們幾個祠內堂的堂兄弟，愛來探頭探腦，幫忙大人跑跑腿。

同時父親常去的宮廟也有一攤，宮廟主祀清水祖師，祂的聖誕千秋就在大年初六，我家與宮廟互動最為密切的那幾年，年節氣氛更濃，我們的新年是和祖師爺的生日一起度過，天天都有節目。整個過年我就在牌局周旋。偶爾我是去找我爸，站在他的身後看他打出一張張的牌。新春的村內迎來許多遊子，我常看到許多生面孔與熟面孔。

其實我對麻將也沒興趣，對牌尺、麻將紙，以至桌邊特製的日光燈比較好奇。尤其是麻將紙，文具行一次就賣一整捆，母親與我在那猶豫不決，這份量可以鋪好幾桌呢。用不完的麻將紙很佔空間，剛好過年拜拜用的甜貴，我們習慣裹上地瓜粉油炸，成為隆冬午後最好的茶點，順便提供打牌人士的下午茶，這時麻將紙就能派上用場，拿來鋪在碗底吸油，如此可以用掉一些。我們且裁剪好大一面的麻將紙，送給住在後頭的曾祖母，她自己有個小廚房，讓她貼在牆上，吸附油煙，多送幾張，還可以鋪在衣櫃，黏在窗戶。麻將紙簡直萬用。曾祖母也要除舊佈新，她又多長一歲了。她是不是隨時會死？這問題常讓我們想到就驚。

我們一群堂兄弟姊妹，就在牌局結束的初四初五，牌桌尚未收，各自上桌，架式十足，虛擬打牌。我們且學大人撒一點爽身粉在麻將紙，這樣牌洗起來很柔順；我們以牌尺將牌堆得整整齊齊，同時練習摸牌與猜字：一鳥最好辨識，國字牌常搞混。我們東西南北，玩得不亦樂乎，有時門口無聲無息走來九十五歲的曾祖母，嚇了我們好大一跳，嚇到大家發出尖叫。

曾祖母對著我們比手畫腳，心想她臭耳聾，我們不可能吵到她；或者她也想來湊一腳，不過誰敢跟她打牌啊？我懂她。很快我就猜到她的來意，還要多拿幾張麻將紙吧。這時我們小孩趕緊離開牌桌，各自領著紙的一角，東南西北攤開紙張。茶褐色的麻將紙，禮物一般攤在曾祖母的面前，好像正在跟她介紹什麼私藏多年的風俗畫。曾祖母看了好久好久，我們的視線跟著移了過去，可是麻將紙上明明什麼都沒有。

兒童戲：辣芒果成年禮

我一直是家中年紀最小的弟弟、堂弟、小兒子、小孫子、小曾孫，要到民國九十八年我們家才有新生兒出生，說來我的成長可以說是集萬千寵愛於一身。

唯一一個哥哥大我五歲，兩兄弟不能算不親，應該說越大越親，但性格志趣從小是天壤之別。

早年比較親近的堂哥堂姊，固定會在過年回鄉住上幾天，他們正在就讀國中與高職，比我大了整整一輪。我的故鄉是他們口中的「草地」，他們形容過年都說要回「大內阿公阿嬤」的家。

那是民國八十二年到八十四年，其後隨著他們成人，服役與就業，他們仍會回來過年，卻是各有行程與約會，年夜飯吃完，隨即返回都市。我開始意識到自己是家族成員最小的一個，與我同時意識到自己常常孤單無伴，其實是同一件事。

堂姊作為大姊，下面還有三個堂哥，他們是伯公姆婆的孫子，這屋平常只住兩位老尪公婆，空房間大過年才派上用場。堂姊堂哥小年夜就回來，不知為何，我常因著察覺他們無事可做而心中感到慌亂，我是一個失職且沒有準備好的屋主，準備太不周全了。就像那電視演的，為了迎接久久未歸的孫兒，找來各種玩意的阿公阿嬤。回鄉下很無聊是我們做主人的疏失。想到沒有手機與電腦的年代，那些假期大家又是怎麼挨過的？

堂姊有次約了我們一票弟弟來到國小，她在小二那年轉走，這間教室、那位老師，她還印象甚深。堂姊與我坐在鞦韆，一聊之下，發現我的導師就是她的導師；堂哥從家裡帶來手套棒球，操場上的他們每一顆都是高飛球。

有次我們則去整理古厝，將曬在院埕的土豆收攏，集中在肥料用的帆布袋，通常是堂姊負責，我當她的小幫手，其他男生繼續手套棒球傳來傳去。堂姊大我整整十二歲，非常疼我，她且帶我到學校拍一系列的沙龍照，考上台大送我電腦，免費招待我出國，替我慶祝生日。

有年春節，她帶我去買一組戳戳樂，古早味的童玩，要我逢人去找親戚交關，一次只要一元，抽中就能獲得一塊辣芒果。我很害羞，不敢開口叫賣，最後做了賠本生意，自己倒是吃得滿嘴通紅。

我們雖是堂兄弟姊妹，卻有不同的祖父祖母，共同交集是我那人瑞曾祖母，她是我們同叫的阿奏。每一年的團圓飯後，曾祖母就會亮出費心準備的六組紅包。我們曾經私下一起亮出金額，相視而笑，阿奏的行情與幣值，有她作為古人的邏輯，沒有偏心，通通一樣，至於金額多少我們就不方便說了。

當時我都習慣將紅包列清單，作帳會計一般，仔仔細細。那年，堂姊突然也要給我一包，嚇得我不敢去拿，哪有平輩在包給平輩的呀。我跑去跟母親求救，好像紅包變成炸彈，讓我躲得老遠。母親說，沒要緊啦，姊接有在嘆吉。我才伸手，母親跟在後頭偷偷問說，多少錢呢？而我顧著跑回房間，緊閉房門，掏出紅包袋裡的鈔票，加上賣辣芒果的微薄收入，小心翼翼地將所有數字，謄入自製的壓歲錢收支簿。

我們春天的校慶

應該是活動與活動的空檔，我們母子到處亂竄，大會報告的廣播聲響、各種鳴笛槍聲，攤販叫賣持續錯落。好不容易放假的母親，正隨我來到當時位於二樓的教室，這棟教室目前還在；而我穿著剛才化妝舞會進場衣飾，扭扭捏捏，主要是她想替我拍下這身打扮，但我覺得外拍會被看光，只好一路找景，最後躲回教室。

我在彆扭什麼，人家又沒看我，不過我們當年校慶表演可說轟動，鄉民近乎暴動。母親說她人在場忙著揮手尖叫加歡呼，結果忘記拍了，擔心等會我要換上大隊接力的運動服裝，無論如何也要幫我留影存念。

母親疼我近乎寵溺，而我不懂如何回應她的寵溺。我們走進教室，教室內坐著一名男同學，他的造型與我相像，也是滿頭大汗，中場進來拿茶杯要去飲水機裝水，我們不能算熟，放學路線顛倒方向，但我當下立刻想到同學是名單親孩子，平日經由父親扶養。於是我的內心產生更多顧忌，快步站上講台，趕緊找好位置，希望母親速速拍完。誰知這時台下同學臨時當起攝影助理，還要我臉部表情不要這麼僵硬。

同學說要笑一下啊，母親半蹲模樣，手持相機，拍完之後，問我是否想跟同學合照。這時應該要答好的，同學表情彷彿也在等我開口，念頭只在幾秒之間，我的心緒亂成一團。或許是母親給我的愛太過強烈；或許我對愛的察覺極其敏感，竟然脫口而出，說要準備回去集合了，手拉著母親快步離開。那日，母親沿路給我機會教育，她說同學間要友愛，我知道，我感覺被誤解卻什麼都說不出來。我的內心不是這樣想的。

那是民國八十五年的國小校慶，學校創立民國元年，所以是八十五歲的生日。溪邊山城小學校，辦活動也有大格局。我們校慶是在春天四月，百花齊開迷你校園，有一棵羊蹄甲樹發得好美。寒假期間全校就已就緒，每天到校都能沾染這份濃烈喜氣，好像自家在辦喜事，鄉鎮街道逢人都說：國校要辦運動會，宣傳旗幟四處揚飛。

二十幾年前，班級數學生不能算多，一個年級兩班，分成甲乙，但也因此師生關係緊密。老師都是資歷深的老老師，甚至教過我們的父親、叔叔與姑姑。父親說從前念的時候還有庚班，我在心中默念甲乙丙丁戊己庚，覺得真是不可思議。

校慶不僅是學校事，往往牽動村鄰里，公家機關與附近學校都要花圈花籃助陣，八十五年的校慶宣傳做很大，好多阿公阿嬤都有返校參加，這是他們的母校不是嗎？光是想到同座校園曾有他們年幼追逐的模樣，就讓人感覺自己是有根有土，而我向來對於不分年紀，打破日常界線的常民生活非常著迷，校慶記憶遂深刻植在我的心地。

那年校慶不少活動，細細想起還是非常嗨森。比如大會操跳的是〈瑪格蓮娜〉。體操一般日日升旗過後師生集體團練。後來我聽同學談起各自的校慶，大家也有一則瑪格蓮娜的故事。也有小魔女的〈健康歌〉、徐懷鈺的〈向前衝〉，比較經典的是跳葉啟田的〈愛拚才會贏〉。不曉得舞步怎麼設計，感覺跳完全身正能量很勵志，於我亦是另種不可思議。

因是全校性的大會操，服裝特別講究，學校為此順勢改版校服，老師也有新的制服，上課上班全穿新衣，我對向心力的想像根源在此。記得活動前些日子，校方緊急通知，大會操還要搭配草裙，於是每個班級分到好幾綑的塑膠繩圈，下課乖乖留在教室編織舞衣，據說上場可以bling bling。有些草裙編得很稀；有些草裙編得密不通風，我的那件顏色不夠豐富，還有一張草裙是彩虹顏色，同學自己拿出色筆上色。跳完之後我們通通拿它披在頭上當成假髮，髮長及肩，我們導師看了認不出來，一起哈哈大笑，當然最後老師不免俗也要戴上一個。

社區婦女聯盟也來助陣喔，因而初次領教我那姨婆的精湛舞姿。嬌小身形的她在團體中最吸睛，她們跳的是土風舞，活動前天地方媽媽全員出席預演，放下農作莊稼或者請假一個小時，可見大家都夠看重也很團結。至今我的腦袋清楚留著姨婆自信跳舞的神態，她手持一把花扇，巧笑倩兮，讓站在二樓教室偷看的我震撼不已。她與祖母同是姊妹，為何後來的性格與人生如此完全不同，問題今生大概無解。祖母早就遠去，姨婆業已年邁，不知她們年幼是否讀過這所小學，猜想那時學校剛剛創立。老學校原來也有它的小時候。

當年校慶競賽項目也很多元，令人難忘的是村別接力，很罕見又接地氣。它將全校學生按校區六個村莊加以分類，最後分出六支男女比例並不均衡的隊伍，這種排列組合讓學生之間的互動更加微妙，常常整隊帶出都是自家手足或者親戚，只因全部住在隔壁。這種人際關係的大風吹同樣也是讓我深深著迷。

其實我的運動神經並不精光，唯獨跑得特快，不是真的能跑，只因性子急，所以講話走路什麼都趕吼吼。記得那年村別接力賽事，場邊觀眾瞬間也有了地域性，死命替自己村的小朋友歡呼，我們村長正是我的姑丈，他也跟著緊張兮兮；有個村長年紀頗大，不能跑，坐在司令台貴賓席張望，似乎看到好多村長夫人都跟著一邊跑。

這就要說起當年校慶最為重要的化妝遊行了。各個班級絞盡腦汁，有些班級比較含蓄，設計一個大型蛋糕，學生戴上面具，意思意思；有些班級設計皇冠戴在頭頂，手持氣球一路揮手，並在經過司令台的當下集體放飛，天空七彩繽紛，觀眾紛紛抬頭；有些班級火力全開，我們那班大概屬於此類。

那個學期我們班上恰好換了導師，新老師新學生尚未完全認識，就要面對這場盛事，然這也成了我們試探彼此的契機。校慶那年我正小四，我讀四年甲班，導師年紀滿大，教法卻多變又具特色，是他提議遊行要玩廟會的，於是班上二十六個學生火速進行分組。廟會與學校看似兩個扞格的題目，其中是有老師多年教學的觀察與經驗；可能他也留意到了班上多是宮廟出身的學生，從小家中的神像等同玩具玩偶。我們班的主題明確：包括我在內的不少男生被分配扮演少年宋江陣；再找四個男生負責扛神轎；班上女生僅有六名，全部派去當成鑼鼓手，這樣不夠熱鬧，有個高怪男孩被指定演乩童，他家正是在開宮廟。如此一支慶祝學校八十五歲生日的孩童廟會隊伍就漂漂亮亮形成了。

春日百花繼續盛開，我們全班動了起來，羊蹄甲發得美艷，是我不曾經驗的紅顏色，山與溪與人的氣色都很好。我們遊行的道具完全手做，要不就從家裡帶過來。神轎則是拿教室桌椅設計，還去跟工友商借塑膠水管，這樣左右裝好就可以扛了，上面的神偶放的是女同學自家裡帶來的娃娃，長得很像熊大；廟會大概不會出現三角鐵與響板，我們拿它來幫忙打鼓敲鑼；不知老師哪來靈感，每個女學生都披著一件斗篷，上面同樣貼滿bling bling小貼紙，穿起來像是正在髮廊等候洗加剪的樣子。

宋江隊伍更是吸睛了，穿學校的運動服會太草率，老師這麼形容，於是建議我們上身穿著白色汗衫，沒錯，就是爸爸下班在家穿的；下身搭配學校短褲，腰際繫上一條毛巾，額頭綁上黃色布條。最最重要的是兵器，我們又是手作，人手一支關刀，刀面為了要能發亮，所以用錫箔紙包覆；為了發出聲響，就從聖誕樹拔了鈴鐺綁起來。我們課都不想上了，而導師比我們還要入戲，他已經當阿公，擁有一顆比孩子更孩子的燙心。國語數學我們邊上邊自製道具，中場帶到球場空地練習步伐，好多班級都在探聽我們班要變什麼把戲。導師說：噓。要保密。

於是我們來到活動當天的開幕進場……八十五歲的老學校，第一屆的畢業生算算也是老先生老太太，不知還有多少校友能夠回來。當日現場人山人海，攤位沿著校牆沿路設擺：熱狗攤、燒烤攤、彈珠檯、棉花糖……而牆內紅土跑道，一個班級接過一個班級。我們班沒有班牌手，也沒人拿班旗，人手不足全去化妝遊行，可是我們果然搶到所有眼球。記得活動司儀大聲廣播：目前正在進場的是四年甲班！我們跟隨導師率隊大步向前：先是乩童開路，而後神轎，而後宋江隊伍，壓軸是少女鑼鼓隊伍，士氣極其驚人，吼聲連連到天邊。

經過司令台的畫面最是感人，我們的手都很忙，無法舉手敬禮，於是派出神轎隊伍衝到司令前的空地進行犁轎，這畫面大概只有廟會才能看到，場邊家長拍手叫好，台上校長開心回禮；犁完神轎，我們的乩童也要前去參拜，他好大方竟不怯場，上身赤膊，腰際繫著紅布，手持玩具一把塑膠長劍，活蹦亂跳向台上長官東西南北比劃。現場歡聲雷動，我們演的故事觀眾完全看懂，影響我的創作觀念甚大，而他們交頭接耳，頻頻在問：這是哪一班呢？

這是二十年前的四年甲班，我是四年甲班的十七號……我們正在春天慶祝學校八十五歲生日，以及一棵發得盛大的羊蹄甲樹。我會突然想起這事，只因發現弄丟母親為我攝下的照片，僅存的一張，多麼珍貴，沒有就沒有了。然那年春天我真快樂，四年級是我人生轉折，沒有補習，老師不喜指定作業，任由學生發揮，一天到晚要我們上台造句算數，實作是他帶班的特色，我們都動起來了。我們學習把廟會搬至學校，體會生活就是最好的老師。而母親依舊將目光投注在我的身上，我仍是那備受寵愛的小兒子。照片不存，無圖為證，想起那天母親為我拍照，教室男生同學的動作指導，我是滿地驚慌失措。我在顧忌什麼？同學明明比我大方。他且要我不要這麼僵硬。母親問我不要跟同學拍個合照？我沒有說不要，但我硬拖著她出教室，說我們要集合了，我們今年春天的校慶要開幕了。

帶我去看廣闊的海

車行八十四號東西向快速道路，這個春天四月，清明過後，我們全家突然就往沿海方向前進。快速道路造建在我小學年代，車途中我們都在說路的歷史，它往東得以接到玉井，我家有塊地因此徵收而去；它往東可以抵達北門。近些年來隨著開發沿途不斷與它路串連，形成更加複雜的交通網路。

所以我們都不在地上行走了。路線太新，父親說他沒走過，我同步開著導航，讓語音系統向我們報路，時代真的完全改變。現在從山區大內來到海邊不需半個鐘點，我們擁有一個觀看台南的全新視線。我們尚且對著窗外分明是熟悉的鄉鎮、溪水與果園，卻也忍不住問起開車的大哥，現在車子是走到了哪裡。

車子走到了北門。我們的馬自達就要轉接國道六十一。西向之後，轉南直駛，得以穿過將軍抵達七股，此時此地正是西濱快速道路。路的左右全是水色：潟湖，小廟，區分相當清楚，眼界可以拉得好遠，令人想到郭水潭的〈廣闊的海——給出嫁的妹妹〉。我們眼也很尖，發現近年熱門的水晶教堂。當刻已經抵達所謂的鹽分地帶。

鹽分地帶作為一種文學空間的詮釋概念，它同時也具體指涉諸如北門、佳里、將軍、七股、學甲與西港等鄉鎮。鹽分地帶豐饒且深遠的文學故事從日治時期迤邐來到當代，其實從小我就常往這些地方跑，但我不知自己正遊走在文學現場，不知傳統與現代曾於一九二〇年代的鹽分地帶交會。但我肯信它不是貧瘠之鹽地。它是創作的沃土。

印象中是父親仍會看報的年紀，偶然在地方報紙得知黑面琵鷺南來過冬的消息，週末我們開著新買的豐田就去七股看鳥。出海口的北風大得嚇人，我沿路都在指認自然課本上面關於潟湖的圖示，竹筏與蚵棚，以為會看到課本上的蟹蝦貝類。我們根本沒有攜帶任何賞鳥工具，然堤岸上有生態專家架著望遠機器，我忍不住湊過去看它幾眼，但沒有發現鳥的蹤跡。

我們也常去北門南鯤鯓代天府，要到研究所階段，我才追蹤了鹽分地帶文學營的歷史，以及七〇年代素人畫家洪通的故事。我記憶中的南鯤鯓代天府是阿公阿嬤的最愛，人潮岔岔岔，遊覽車一台接一台。鐵定要去拜囝仔公，然後買一包燒酒螺。我很喜歡燒酒螺三個字，每次看到路邊的紅字招牌，心想怎會有這麼辣嗆的文字語言，它牽連著我對鹽分地帶的種種心緒，騷動著我對台南濱海的所幻所想。

更多時候，我們只是開著豐田轎車無目的地流轉，去西港後營尋找父親的高職友人吃建醮拜拜，或者到學甲追廟會，看蜿蜒的蜈蚣藝陣在路上行走，也去頑皮世界野生動物園。有時突然就去了將軍漁港，採買現撈的漁獲，而我最愛的是青鯤鯓，這三個字讀起來有聲音有畫面，像是看到歇在防風林外邊的沙洲神獸。那時東北季風吹起漫天飛沙，我們全都縮著身子瞇著雙眼。

而我也有一張獨屬於自己的鹽分地帶的地圖學。

中學負笈麻豆黎明，班上同學許多來自佳里等地，校車為此開闢數條路線，那些鄉鎮地名開啟我對台南的另外一種認識，那些地方住著與我一同共享大好青春的南國少男少女。比如我手邊這張校車路線，至今捨不得丟掉，八十九學年第二梯次放學路線，它寫著：

二號車仁愛西港線：愛明橋—仁愛國小—西港—後營—大西口。

四號車佳里七股線：國賓戲院—潭墘—安西市場—佳里國小—佳里國中—花園新城—大寮—七股—篤加—湖南山莊—佛天宮。

五號車甲市漚汪線：港尾國小—學甲市場—中洲—苓仔寮—過港仔—漚汪廟口—番仔寮—頂篰—潭墘。

我在心中默讀這些充滿畫面的地號店招，同如史料文獻般的校車路線，完全戳中我的美感神經，於我它是地理的歷史的，它可以研究也能懷舊，最重要它更是文學的生命的。這些路線，繼續述說二十一世紀的鹽分地帶故事，繼續在沿海的鄉鎮，接送鹽地的青年出門去學習摩登，追求現代，身姿一如數十年前的殖民地青年。

我最好的朋友，都是仁愛國小佳里國小畢業的；篤加、漚汪、潭墘都住著國中高中的同學。我們甚至組過一支單車隊伍：從大內出發，這次沒有八十四與六十一線了。我們頂著炎陽藍天，走省道經麻豆口入佳里鎮，進行一個大地遊戲尋找同窗的動作。我們在鹽分地帶舉辦同窗會。那是夏天，我那迷彩藍色的變速車還沒丟，短袖風褲滑板鞋，在佳里鎮遶了一個下午，最後來到三皇三家喝飲料中場休息。我沒有去金唐殿，沒有到中山公園，可心中覺得這塊土地真迷人。我喜歡鑲嵌地表的鐵支路段，糖廠已經不再運作，可是製糖會社的傳說，林芳年的〈曠野裡看得見煙囪〉，那巨大被不斷描述的日治建物與經典意象，其實早就等在我的眼前。我們騎到那裡都看得見它，它也能看見在佳里鎮上遊走的南國青年吧。我是不是正緩步走進台灣文學的世界？一切原來有跡可循。

十八歲負笈台中念書，二十歲決心要考台文所，我用了兩年時間完全投入文本的蒐讀，饑渴的靈魂被語言文字餵養，胃口越養越大。這才初次接觸台灣文藝聯盟，鹽分地帶文學，以及蔗田與鹽地，海風、海湧、海茫茫的故事。

大四那年，系上舉辦詩歌朗誦活動，地點在當時剛落成的東海書房，落地的玻璃牆面，周邊綠樹環繞，還有那古老的紅磚牆，我念的是吳新榮〈故里與春祭〉的中文翻譯。或許當時接觸大量戰前戰後台灣詩人的作品，文學與行動合而為一，日日我在寫作，日日我也在海邊山區騎來騎去，每天活得超接地氣；或許選擇吳新榮的作品可能因為來自台南的地緣親性，更可能，更可能只是因著春天的關係。

這個春天，西濱快速道路，我們的馬自達小轎車繼續向南。車上一家五口，導航語音沿途相隨，告訴你前方幾百公尺右轉，是否即將靠近目的地？我們仍是沒有目的，只是在鹽分地帶兜圈再兜圈。碩一那年，緣於撰寫關於鹽分地帶的踏查報導，半個暑假，我騎車在這些鄉鎮瘋狂拍照。才能更有系統的認識鹽分地帶文學的從古典到現代。那時讀到吳新榮戰後的作品〈此時此地〉，對於這個命名印象極其深刻。一九五〇年代的「此時」與「此地」，吳新榮指涉的究竟為何？此時此地，我們車子仍然向前，日光降臨，大鳥驚飛，出海口已然在望。原來鹽分地帶並非只是一個空間的概念，它更是一種時間的詩學。

春日海風的送迎

今年初三，出門走春，照例大哥開車，大嫂、母親與我。加上新增添的小成員姪子，一人獨享安全座位。這樣，全車擠滿五人，超高乘載。我們隱隱約約有個方向，國道三號，一路北行。

想約父親出門，車體卻容納不了這麼多人，這時怪罪自己還沒有車，幸好父親近年不喜外出，朋友老了病了不能喝了，最後常常只去田裡內外走踏，仔細看顧他的酪梨芭樂。

這個家庭形貌依然齊整，沒有更壞，沒有更好。其時武漢肺炎疫情正在延燒，疫區集中大陸各省，台灣尚能看見人潮，年假期間，這種群聚是必然的。

母親都戴口罩，我也跟著蒙面，彷彿相互掩護。二〇一八年母親術後，口罩已成我家必備物資，加上嬸嬸早餐生意需要堵絕油煙，我們家的口罩貨源可說相當充足。

路上大哥沒有明說要去哪裡，車子走在國道三號，他因長期載送賽鴿放飛，獨家發明許多新路線新景點，我們也沒什麼意見，能出去都是好事，這話現在想來多麼可貴。

二〇二〇真是奇特，我的心魂停在總統大選激情餘溫，一種前所未有的國家感在我心中浮現，但我知道那完完全全出自我的想像。我太過入戲，笑說要在客廳懸掛總統照片。

我很入戲，並且入戲太深；但我不易出戲，出戲大概也是需要練的。現在我的狀態倒像等戲，隨時備戰進場，隨時可以喊卡。戲棚下你也知道人都走光了，所以自己的舞台要自己搭。這十年來的時差逐漸瓦解了，我是費了好大心神回到當下，文言一點形容叫做「刻正」。怎麼說得很像過去幾年我是被鬼抓走。

刻正車上嬰兒罵罵哭嚎，母親瞬間轉入祖母模式。狹仄的車廂處處讓你清楚查知你的侷限。今年回到老家，處處也在逼你感受你不再只是你自己。不是我自己，那會是什麼？

海邊的廟

海邊的廟，緊緊相連大型風車，好像風扇就是神祇的一種法器，它的風力電力也是神力。

海邊的廟，輝煌大器，供奉包公，兒童時期跟隨家人觀賞連續劇包青天，從沒想過有天會抵達他的廟宇。以前常在二手書店看見說部的包公案，包公是正義的化身，而我對這些冤業糾纏的題材很少接觸。來到包公廟的時候突然不知道求些什麼，可是人很平靜。廟的周身可見各種包公造型文創小物，現場還有藝人打扮包公來向香客拜年。忍不住跟風也去拍了幾張照片。

如今到廟參拜，燒香都要仰賴動線，天公、正殿與側殿等各路神祇，SOP，可我覺得祈禱這事相當私密，每人所需時間長短不一。我是那個念很快的人，目標明確，要什麼自己內心相當清楚；母親也不拖拉，主要是她會詞窮，拜到一半突然忘記眼前何方神聖；以前祖母還在的時候，她的祝詞最久。所以拜拜稍有一個耽誤，彼此又不照顧，這支家族隊伍立刻就被沖散了。我們一家逢廟必拜，習慣各自帶開，廟殿各自迴游，最後才自動回到廟門集合。

那天來到海邊的廟，海風吹得讓人站不住腳，一下擔心母親穿太少，一下忙著留意姪子嬰兒車是否能夠擋風。過年廟口常是鄉村熱區，總有一些活動推出，比如過平安橋與博杯大賽。那天我們全部去玩過一遍。

那天，一名高齡阿嬤被家人攙扶前來過橋，因著橋身只能一人通行，眼見阿嬤費力地登上階梯，她的年齡目測大概八十五超過。母親都已六十。她的家人圍繞在平安橋的四周，只差沒有拍手加油，我也跟著屏氣凝神，好像阿嬤正在進行一項闖關競賽，她在跟自己比賽。她的外籍看護與神職人員早早等在橋的盡處，等到終於平安地走完平安小橋，大家全都過去簇擁阿嬤。在旁收看的我也替她開心起來。

自己的橋只能自己走，何況還是行動不便的阿嬷。她的下一位就是大嫂，大嫂揹著姪子，母子上路。大哥與我在橋的兩邊錄影，這是姪子首次經過平安橋，他們速度很快，不知為何我就想起日本綜藝節目嬰兒爬行比賽，若是放任小孩單獨橋上競足，聽起來很鬧很可愛，我覺得超多家長都會來。

花廟

離開海邊的廟，車子往南嘉義。聽說姪子出生之前，大哥大嫂前來這裡許願求花，後來真正順利懷孕，姪子出生之後，某次回到南部，我還跟著他們夫妻前來謝答。

這座廟宇相當典雅，坐落市區路邊，與鄰里生活連成一氣，如同台灣常見的庄頭廟。這天人潮同樣洶湧，我們尚未進場又被沖散，最後好不容易集合廟埕，拿香參拜儀式即時改成雙手膜拜。我在現場發現不少年輕夫妻，虔誠慎重地前來求子。

大哥與我差距五歲，母親當初懷我，說是擔心大哥無伴，可是五歲已經距離很大，以後我們成長其實並無太多交集，沒有真正作伴，或者母親的設想更為長遠，作伴是更老以後的故事。老了以後要有手足相挺，畢竟我是那個永遠不會結婚的人。

我到台北那年，大妹小妹出生，十年之後，姪子出生。我們家的客廳二十年內都將充滿新生娃兒的罵罵號。二十二歲之前，我是家中最小的成員，如今新一代不斷冒了出來，我不得不被提醒自己早就是個成年的人。大妹小妹十歲就當姑姑了，這是最好的生命功課。哪有這麼年輕的姑姑。

離開花的廟宇，廟邊馬路形成一條年貨大街，我們一路買一路吃，母親大嫂跑去買農產品，袋裝洋蔥毫不手軟，這給嬸嬸，那給大姨。我從小生長在這種互相補給的生活型態，其實那是節儉生活的延伸，有能力多付出，爸媽也是很能給予，加上我的生長過程，常常感受來自親戚鄰里的恩慈，家族的向心力很強大，為此養育我成一個不算小氣的人。這樣一代傳過一代，而初春國道兩側的花樹，今年依然準時綻開。

白色鐵屋

這間不是廟，但是過年人潮不輸大廟，也有自己的停車空間。我們從三號轉國道一號在新營南下，跑到這間日本衣的旗艦店要買一波。

白色鐵屋相當醒目，我們陣仗不大，走入店舖同樣立刻解散，我去買了居家衣物，這幾年回台南老是找不到合適衣著，衣櫃全是大學畢業寄回的衣物，加上高中時期沒有丟棄的舊衣，我的身型那時就已固定，如今想買一套放在大內，預料以後回來隨時能穿。

這種抵達賣場自動帶開的習慣已經多年，過年前夕，永康鹽行量販店大賣場舉家採買，入口處家電區集合，隨即人人火速跑得不見人影，只剩推車孤伶伶卡在走道中央，最後都是母親在顧。這天我也沒有陪她買衣，倒是拿著自己的戰利品，喜孜孜掉頭回去找母親。母親已經看中一件外套，可適合的尺寸只有另種顏色，眼前僅存色澤她不是不愛，但顯然不是最愛。我毫無邏輯金錢概念跟她說什麼顏色全買。我會刷掉。母親挑了其中一件，列隊結帳看她仍是若有所思，好像另外一個顏色比較好看，我們互相耐住性子，最後由她回去挑選另外一件，於是結帳動作全部重來。其實我能給予的相當有限，而我擅長處理的就是瑣碎的事，再說，這是一件很小的事。

我們的車子最後回到台一線上，日暮黃昏，姪子已經不知睡到幾輪。年假期間，我們生活時序切到農曆模式，卻老是搞不清楚今天到底是大年初幾：有人說初三有人說初四，查了手機答案初三，母親突然唉呦一聲，明天初四才接神。我愣了一下，今天沿著海岸線拜了大半天，所以神明全都還在放年假嗎。

光天化日集

想要更換一種寫作方式。以前的寫作是隱約有個計畫，小題目集合而成大題目，然後分頭進行，最後集中成書。這樣的書寫需要苦等。苦等也是作品的一個部分。

光天化日集的想法來得猝不及防，這種靈光乍現的寫作不是天天都有，但是常常讓我失神：首先它的靈光非常強勢，幾乎要戴墨鏡去擋，寫起來好瀟灑，更有厲害的新語法，情感簡直滿到溢出來，你如何甘心讓它溜走？

我將這種靈光轉換成為筆記，手邊類似的MEMO量相當可觀，可以肯定我是一個創作力很豐沛的寫作者。然而MEMO囤太多太久也是需要斷捨離，目前未有心力處理，略梨種子一般的任它生根長芽。

現在的我依舊靈光乍現，但我不相信靈光，寧可找出自己的律則。光天化日集即是諸多靈光乍現的總和，片刻與片刻之間，並不需要實質關聯，它們全都來自一個湧動的MOMENT，一個情動於衷而趕快小跑步讓它行於言的「寫作」。

那樣也是寫作，這樣也是寫作。寫作實在像是來到小北百貨。寫作是霸霸款。寫作怎麼可能只有一種？然寫作的問題只能以寫作來回答。寫就是了。

一

這個冬晨，我起得晚，說晚，其實七點，寒假尋常的某一天，小一升小二，哥哥小五升小六，我們都還是小學生，有長達三十天的長假。

嘴裡滿是剛剛使用草莓牙膏，這樣我才願意刷洗牙齒，走到後院，發現母親彎身正在揉洗衣物。那個早晨的光照格外盛大，如同後來我在十八歲在台中工業區見過的日光，或者更晚一點，我在波士頓居所附近的生態公園。強光總是讓我睜不開眼。

我走過第一間三合院，這是我們的晒衣場，再走到我們的古厝，剛剛鋪上簡易白色水泥的院埕。在我當時的生活場域，紅瓦白地，可以說是極為罕見的配色，而眼前我還沒見到任何同年紀的夥伴。強光繼續打在戶埕，自然課本告訴你通過陰影變化來揣想時鐘刻度。這種題目我始終沒有答好。

這個冬陽盛大的清晨，光天化日，我一人在古厝埕斗的正中央，讓自己的長影，投射在院埕的門板與窗櫺，隨著我的三百六十度旋轉，可以折射且扭曲成不規則的形狀，但我對影子其實興趣不深，以前看人使用雙手做出各種動物身形的剪影，我知道自己是會直接跑到布幕後方的那個人。我也不喜歡玩踩影子的遊戲，走路就走路，走路比較喜歡倚牆，最好可以直接穿牆隱身。

這個清晨，突然想起我曾嚇過一個堂弟。他年紀真小，我充當臨時保母，代替嬸嬸照顧他二十分鐘。我牽著他走一樣的路線：後院、晒衣場、我們的古厝。通往古厝的窄路，兩邊盡是鳳仙花盆，我先讓自己的影子隱沒在小花園，然後神色驚恐地指著地上，又指著弟弟說，為什麼你有影子我沒有。不到五歲的堂弟被我嚇得哭了出來，急地跳腳，努力想甩掉自己腳下的影子。邊跳邊叫，叫到路上全是他零零碎碎的身影。

嬸嬸趕來問話的時候，我們全都說不清楚，堂弟放聲大哭。其實我的影子早已偷偷露了出來，斜斜長長，倒映在通向古厝的那條舊舊的路。

二

時間永遠是不固定，大三大四，學分減少，加上條理出了在台中那座城市生活的節奏，我常機車騎著就到轉運站去買一張南下的統聯票；或在一個班次與人潮最不密集的時段，突然決定要從麻豆新樓醫院前的新站北上。

這樣往返時間並不需要兩個鐘頭。車程中常常沿途聽著ＭＰ３裡的台語歌國語歌，七十幾首。窗外盡是平原景色。這樣的車途，讓人漸漸失去時間的界線，不知是否養成後來我那不按牌理出牌的生活習性與時程規劃。我是只能在白天出沒的人，而我對白天的理解卻與他人大不相同。在等著畢業與報考碩士的壓力來襲之前，內心相當珍惜這片可貴的光照。

有次回到台中，時間點也很怪，下午兩點多。這時系上每個年級都有課在上，東海校園正是最舒服的時刻，東海別墅的店舖也在休息。那時我已過著小確幸的日子，懶得搭乘公車，總是將機車寄在轉運站旁的停車站，按日計費，可是我並不確定回去幾天，並不確定什麼時候回來。

這裡寄車生意強強滾，尖峰時刻常有商家殺到路邊，拿著交通指揮棒，趕集一般把你們這些機車騎士圈進他的領地。車棚幅員很大，防曬黑網罩在上頭，最後我常忘記車子停靠的位置，那時附近已有建案，即將蓋起連棟豪宅，西屯區第一排，而我找不到自己的車，越走越遠。寄車空地可以看到一座廟宇，幹道，高速鐵路與高速公路，以及不遠處的筏子溪。我遠遠靜定看了一下這場小規模的進香，獨獨一座神轎，全身黃衣的神職人員，以及十幾位拿香信眾，鏗鏗鏘鏘的鑼鼓聲響，只有施放一小截的鞭炮。

這樣的生活方式持續兩年，很少的社交，一有工作全神投入；很多很多書寫，拓墾而出的世界可以讓我棲居好久。那時的我保有理想與熱忱，身體相當年輕。

三

那個下午我在廚房喝著新泡的越南咖啡，不知是時間或空間影響，還是興致很好，覺得咖啡特別好喝，這是外公平日的早餐配備，回到台北立刻殺去賣場買了很多包，現在成為我寫作的能量來源。

我們初二才剛回完娘家，初四下午我們又溜回來了。我們家的習慣是隨時可以愛回家就回家，外公外婆的年歲太高，他們的每一天都是高風險。

照例大姨母親都在後院與外公忙碌，我已觀察多年，始終不知為何會有做不完的事，母親自己也會說，沒有什麼非做不可的事，但是成天無聊你要幹嘛。

大嫂提前上班，大哥還在年假，這天換他來當新手奶爸。我只會生事，跟前跟後。外婆輕微失智，目前還能自行划著輪椅，常常一個恍神她就不見人影，划到馬路，划到田邊。聽說上次自己划到菱角田，差點滾到水溝，路過機車騎士認出她，問她，她說要去找她兒子，路人不怎麼作答，兒子一個已經走了，另外一個常常失聯。

這麼想著，咖啡擱著，跑到外面尋找她的身影，果然她又划到大馬路口，已被母親攔了下來。這對母女都是風中殘燭，母親推著外婆向我走來，這畫面太多苦痛也太多病痛，我需要一點點的生命力，剛好大哥推著姪子從外頭散步回來，我將眼前畫面拍下，輪椅車與嬰兒車的競技，以後讓姪子看看這是阿奏的樣子。他們曾經同框。

咖啡還沒喝完，大哥動念要去車程十分鐘的五王廟，他把小孩託付給了母親，接著載我開車來到麻豆，這座我們從小玩到大的王爺廟，可以說是南部王爺信仰的重鎮。我們兄弟兩人比較閒散，沒什麼禁忌也沒什麼顧慮，合掌默念，各自帶開，大哥跑去買樂透彩券。這個春天，我們已經從雲林買到嘉義又買回台南，又去看了熟悉的巨龍天堂與十八地獄，我以前羨慕可以住在麻豆，後來羨慕住在府城，這些慾望現在全都熄滅，覺得可以住在一起即是至福。巨龍因為網路傳播，已經成為台南熱點，附近擠滿人潮，地獄入口人也不少。可是大過年的，今天地獄我就不去了。

玉皇大帝的生日

拜天公是大事，全員到齊是一定要的，但是我們家的車子已經坐不下。父親現在很少開車入城，他的眼睛大不如前，所以只剩大哥的車，又考量同天我北上，我先將行李放在大哥的後車廂，接著自行搭乘公車、轉火車，獨自提前一人在台南晃蕩。

以前拜天公都是初九子時整點開鑼，我也寫過一篇文章叫做〈逆天的人〉。母親病後，拋開各種例行祭祀，沒人有那時間有那體力了。那年我們改到民生綠園旁的天壇，鄰居親戚知道我們不拜天公，好像聽聞什麼大好消息，接著多戶人家陸續跟進。今年我們不去天壇，改到成功路天公廟，未料時間沒有喬好，我晚到現場，也沒人等我。全家已經拜完在等香過，最後剩我一人樓上樓下，持香繞了好大一圈。

葉石濤有篇小說就叫〈玉皇大帝的生日〉，這篇小說寫在民國八十初年，描述戰爭時期台灣傳統習俗與日本皇化政策之間的扞格。這篇小說有個相當漂亮的問題意識：到底天皇大，還是天公大？無論是天皇與天公，大難來時可以自救的其實還是自己的人。這又回到了自己人到底是誰的本命題了。

國族與民俗的盤根錯節。危機時刻，常常激發人性的機智、真偽與多變。文學迷人之處或許就在它的讀法相當多變。換言之，你的作品是否禁得起考驗，首先必須回到說故事的方法，以及，你所調動的文字語法，是否具備一個詩的結構，去長成生命的鋼筋水泥，文學的行動載具。

這幾年我的寫作開始朝向一種「自己」的建立，長久以來文學史料的爬梳，讓我意識到寫作不能不該，也不會只有「一種」。既有的「文學」解釋已經無法將我說服，大概也不能套用在大疫之後的那個世界了。台灣需要很多新的文學史，需要很多新的文學理論、文學批評、理解文學的方法論。作家繼續忙著寫，論者繼續忙著讀。《合境平安》處理的是我熟悉且寶愛的題目，一面賡續、裂變民俗敘事的模式，同時深化虛與實的技術。創作者一定要有自己的創作論。

怎麼寫？寫什麼？看起來是個舊問題，卻永遠是個好問題。無一字無來處這話聽來理所當然，可是寫作最怕理所當然。寫作是逆天的事業。我還在寫。寫作是我的對抗。

問答代跋——我在寫作路上一直遇到楊富閔

提問／皇冠編輯部

Q1

《合境平安》是富閔的第八本書，從書名到數字都很吉祥喜慶，有福氣。自富閔的第一本書《花甲男孩》以來，宮廟、常民文化便是富閔作品中頻頻出現的題材，想請富閔談談這本書的寫作緣起，以及選擇「合境平安」這個書名的原因？

這本書動筆於二〇二〇年三月，正是全球疫情的緊急狀態，我感覺自己的身與心也抵達一個臨界，於是閉門寫字讀書兩個多月，初稿完成，發覺這些文字很跳很活，很像興達港的現撈仔，我滿喜歡，捨不得發表，同時明白必須先讓文字呼吸，於是轉身收拾我在台北十年的工作。今年一月回到故鄉的圖書館服役，五月，台灣疫情正式爆發，而我在全面閉館、空蕩蕩的圖書館，埋首修改《合境平安》。

這本書距離上一本的《故事書》已經四年了，《故事書》是我經歷各種文學轉譯的震撼教育之後，基於一種對於文學的堅持，肯認「文學」在當代各種跨界合作之中，仍有其不可取代的「實用性」，所以我寫了一本很像型錄、索引、指南的「工具書」。這幾年大家都在重新定義何謂文學，大家都在說故事，我無法自外於這波故事熱，卻覺得寫作不單只是把故事說出來，應當有其方法學的自覺。

過去十年，我的作品帶我看到文學的各種可能，這讓側身學院與創作的我察覺，開採與挖掘故事的礦脈之餘——文學理論，或者寫作方法論的探究，還是相對欠缺的。所以《合境平安》其實是我的文論。這樣的嘗試，以《故事書》為核心，陸續會有幾本，我的理想狀態是形成自己的文學教室。我在二十一世紀寫作，自得其樂，需要有自己的玩法。

「合境平安」這四個字共在我們的日常生活，到處可以看到，路上廟會張結的平安紅燈籠，或者鎮宅的平安符咒。延續著《花甲男孩》、《故事書》、《賀新郎》的命名慣性，這本書同樣沒有叫做「合境平安」的一篇文章，但這四個字無處不在，在書中，在書外，放著光芒，有它的實用性（哈，拿來照明）。我明白它潛藏的文學量能相當驚人。沿街的每一顆燈都在盯著你看，你能不看到它嗎？

Q2

富閔對於自己的文字如何編納成書，有著很強烈的編輯意識，亦即從寫作到成書，不以單篇文章為零散的單位來思考，而是以一本書為框架，逐一安放合適的文章。想請問富閔如何因應自己設定的架構，調整自己的寫作節奏？而《合境平安》內含的故事份量如此豐富，我們也在文章中讀到許多意猶未盡的情緒和想像：「如果能有一個關於宮廟故事地圖，以此連接它與庄頭大廟的關係，或者各自再行衍生而出微小敘事，總有一天你會聽得懂也講得清，屆時我們或會有機會重新定義什麼是想像力」在挑選以及篇章排列集結時，是否有遇到哪些該增哪些得刪的掙扎？富閔又是如何取捨的？未來有機會將這些靈光繼續發展成篇嗎？

我們每天在寫賴、發ＩＧ，經營通訊軟體，與其說我們在寫，更像是在「編輯」——練習與自己保持距離，建立一個呼吸的頻率。所以我覺得，寫作者同時也須具備編輯的自覺。而這也要求作者，對於他所寫的內容，需有一個整體性的把握，所以我的作品不分文類，它也必然是「自傳的」。每次排列集結，都是當下心靈狀態的投射。我期許自己的書彼此獨立，但又環環相扣，也就不會出現刪減的掙扎。

這本以民俗文化為素材的新書，前身是一個名為「鬥鬧熱」的寫作計畫，學術訓練的緣故，我在熟悉文學史料的同時，我也對它材料保持高度警戒。我的寫作計畫都有一個與「文學史」對話的章節，這本書也私擬一個民俗軸線的文學史，沒有收入書中，未來另作它用。當時我想知道四百年來的民俗書寫，可以提供當下此刻的我，從中賦形、表述而出什麼東西？除了理解前人做過什麼實驗，我們有無共通的美感經驗？而我的特色又在哪裡。

民俗書寫是一條不曾間斷的文學史伏流，恰好它也是我「生命的底色」。大概就是這本書的暗橘色。《合境平安》等於整合自己的所學與所長。讓我發現自己的寫作，開始有了經驗的「積累」，而朝向方法與風格的再確立。因為我想寫得長長久久，所以也是在進行文學的「基礎建設」。同時更加明白，文學它是一門專業。

Q3

《合境平安》一方面可以當作富閔過往作品的補充資料、延伸說明，以遶境敘事為例，便有《我的媽媽欠栽培》中的〈鬮陣〉、〈一種形式：遶境與書寫〉，《故事書：福地福人居》中的〈有片：歲次庚午的鬧熱〉等；另一方面，它又是在「楊富

閔式的世界觀」的脈絡之下，加以延伸和轉化，並讓敘事的篇幅更加擴展。面對相似的現實經驗，富閔如何深化寫作的面向？

民俗敘事佔據相當龐大的篇幅，一則它與我的成長經驗不可分割，再者我的寫作好像離不開這些敲鑼打鼓。這些曾經散落的吉光片羽，這次收攏成為一本完整的書，算是我的作品，主題性最明確的一次。而與其說，處理類似素材，如何在技術面上轉化，我倒是很驚喜於自己因為《合境平安》的創作，我對「兒童文學」產生興趣，也找到建立彼此關係的一個基礎：包括繪本、動畫、教材等形式。同時我也開始思考，何以我的文體，得以和不同創作媒材形成共振，電光石火，而我還可以做什麼？

所以《合境平安》再次提醒我「文體」與「媒體」之間的妙不可言。這次引領我重新打開打開文學定義的：可能是五營的千萬兵馬，可能是一隻滴血的白公雞，或是迷路的乩童、彎身下腰的踩高蹺，孤挺的一座神轎。從一篇文章出發，最後變成一張明信片、一本圖畫書。換言之，走過《合境平安》，以後要談類型、想像力。我也有了發話的基礎，自製的底本。我常覺得自己是一邊寫，一邊學。所以我唯一要做的事也從沒變過——就是寫。

Q4

「那個春天，日日我的生活充實豐富，奠定以後我對時間空間的特殊感知，也對感性理性的體會，而我並無察覺。」《合境平安》描述了許多民俗儀式帶給自己的影響，但這需要隔著時空的距離，並仔細省察才能得知。《合境平安》在敘事的時候，也似有不同時空的「富閔」在觀看著那個當下的自己，因此產生了敘述的趣味。想請富閔談談採取這種視角轉換的寫作方法，希望達到的效果？

我很喜歡這個提問。如果打破雅俗界線，擾動慣性的文學認識，是晚近幾年的文學趨勢，那麼就寫作端而言，朝向「自己的建立」，如何成為「自己的讀者」，一直是我思考的重點，而這在上一本書《賀新郎》，它從命名、編選到發行，主客體的實驗，已經提前亮票，諭示了自己的無法回頭。現在我的寫作，都是「這個富閔」在跟「某個富閔」作揖道賀，遞交文學的承諾，送上語言的等路。白話一點，就是「人設」的美學問題，用文學術語就是敘述觀點。

敘述觀點這四個字大家耳熟能詳，但它在台灣中文寫作的發展脈絡，有其「轉彎踅角（tńg-uan-seh-kak）」的演化過程。《合境平安》如果有一種富閔帶你遊賞百花、吃拜拜、鬥熱鬧的感覺，如您所說，它是來自一個省察的距離，或許正是我們「第一章想像力定位系統」已然明定遊戲律則，設下故事閘口。這種看似後設的寫作方式，在戲耍之中仍有其堅硬的文學信念，動搖不得。所以很神奇的是，我常越寫，越不認識我自己，卻是處處充滿「發現的驚喜」。我在寫作路上一直遇到楊富閔。我像是在寫自己的魂魄。

Q5

我很喜歡富閔筆下的廟邊小敘事：「廟會現場最吸引我的也不是廟埕中央的操演，而是廟邊的花絮，就像子母畫面，我喜歡那些小敘事與小插曲」。這些側拍、側寫、側錄、側記，卻能帶我們看見那些無人知曉卻仍熠熠發光的「刺點」。不由使我想到鄉土的經驗，台灣的經驗，也曾經（或至今仍難免）被視為是不值得寫的題材。但因為寫作者們的拓荒，逐漸有了轉變。想請問富閔在思考自身的寫作位置的時候，這樣相對於主流的側拍視角或凝視邊緣角落的眼光，是否也有產生影響呢？

我並不介意任何一種標籤式的閱讀，有時反而還有一種「導讀」的功能。鄉土成為我的作品的最大公約數，很多人是從這扇門進來的，最後卻從一個完全顛倒的方向離開。其實題材沒有優劣之分，還是要從語言文字的技術論；亦即經由不同的人設與其說話方式，寫作讓我像在舞台走位，摸黑找到那個升降台的位置。帶戲上場，帶戲下場。你提到的那些微小敘事，於我毋寧也是一種幽暗的想像，觸碰到了生命的底色，找到了你說的「位置」。

關於位置的自覺，我以前寫過〈亭仔腳什錦事〉，標記著自己是站在騎樓看世界，世界是個多面體；寫《故事書》、《賀新郎》的階段，我覺得自己就是〈大內楊先生十二位〉那個「聽故事的人」。這本書我的位置在哪裡？答案可能是你說的子母畫面：你中有我，我中有你，是一個「共同在場」的生命狀態。

Q6

「宮廟神壇的指點迷津，於我而言，正是敘事學的小教室，我大概從中頓悟某種故事運作的律則，但也懂得欣賞這些故事的源起、轉折與發展。」《合境平安》裡，路上遇到的土地公、廟前布袋戲台的布景、一枚平安符上的字，都是現成的文學教室。想請問富閔認為這些台灣的民俗敘事、物件，如何重新定義我們對於「文學」的認識？

謝謝報名富閔的文學教室（笑）。《合境平安》自然也是一個概念創作。於我而言它不單只是文稿結集，反而是以寫作來初論寫作。這次分成四大章節，從做為概念框架的第一章，而至作為底蘊的「歲次」系列，第三章的廟文法是一筆完成，結尾收在我的根本——家庭生活。〈土地公的創作教室〉是中場休息，實則它有引路的況味。土地公無論在古典說部或者民俗儀式，祂常在危機時刻出來引路解難。這次feat.土地公，我們之間也有一些火花發生。

你舉的篇目，都涉及創作論的思考，比如擔心白色媽祖剪影消失的山村男孩（〈媽祖即時動態〉）；或者躲在袖口的那隻紅色蜻蜓（〈紅蜻蜓說〉）都不只是一則故事，而是相當明確，有個聲音，（天啊貌似就是我）在旁批點、報幕，嘆氣。好像讀者一邊看著文章，以為我正坐在前面，這時突然抬頭說話：楊富閔。可是明明我就不在你的旁邊。

其實這幾年評審文學獎，特別喜歡從作品中讀到作者對於「創作」的意見，或者將作品讀成作者的一種文論，目的是將「作者」的存在感拉高一點。加上文學史料的長期沉浸，我常從最原初的報章雜誌與傳記年表，慢慢建立對於作家的認識，這會讓同為寫作者的我知道，寫作的所來所去：包括語言的使用，文體的生成，不是那麼理所當然，而寫作、文學，最怕理所當然。

Q7

在《合境平安》中，富閔常常有意打破既有故事的敘事套路，以達到一種反高潮的效果，如「你以為抵達我們古厝的這隻神雞，即將被無知天真的孩童餵養嗎？這是少年小說才有的敘事套路，人家公雞，也有自己的選擇。」想請問富閔選擇這樣的處理方式，是否跟對散文和小說這兩種文類的思考有關？

可能不是文類的問題。這種嘗試阻擋讀者或者抵抗套式的聲明，可能是我在思考類型論，如何擾動我們對於純正／通俗的定見，摸索與建立一個雅俗共賞的識讀情境。此外我希望自己對於文學的態度可以嚴肅，但不要板起臉孔。好看、可讀，甚至懂得開自己的玩笑。就像曾祖母對著麻將紙金金看著，但是明明上面什麼都沒有。（〈兒童戲：麻將紙美感練習〉）；又或那個擔心畫錯，怕將敗筆留在塗鴉牆上、流傳百世的男孩。（〈少年舞獅隊〉）其實我想告訴自己，沒有關係，你就寫吧。或者放到一個更大的歷史脈絡，寫作或許曾是不平安與不自由的，或者不平安與不自由，是寫作的一種「選項」。是在對於故事求索的過程，最後懂得把故事還給故事，把寫作還給寫作，把防風林紅樹林木麻黃全部還回去，然後把自己留給以後的生活。

Q8

「這孩子在等戲，未來他會很喜歡說故事，他想說一個關於一座被三合院包裹而住的戲院，以及痴痴等在票口張望的故事。這孩子也喜歡發明說故事的方法，愛說但也愛聽、能聽，如同他那當年沒錢進到戲院，僅僅一牆之隔，也能淡定聽戲的祖母。」〈等戲〉是我非常喜歡的一篇，戲院的故事、故事的故事，讓人遐思不已。想問富閔關於這個主題，是否有進一步的書寫？《合境平安》中，富閔也展現了對「發明說故事的方法」旺盛的企圖心，想請富閔談談對於民俗敘事的下一步，有什麼樣的未來計畫呢？

先前寫過〈三合院靈光乍現〉，希望以後有機會將三合院繪本化，或是變成一種手遊。三合院構成的聚落，根本上它就是一座大迷宮。我們常從這戶人家的後院，跑進那戶人家的神明廳，最後卻從一個完全不同的邊間竄了出來，嚇得只能抬頭辨識方位，判斷自己身在何處，跑了多遠。

其實歷經作品的影視改編，這幾年來我強迫自己隱沒走入一個相對安靜的世界，或許跨界合作讓我對於「自由創作」的慾望更強，所以我寫得更多，也更專心了。日常生活就是讀與寫，人際關係簡單。柯慶明老師離開之後，我也一併結束我的台北十年。

今年回到家鄉當兵，本來相當抗拒使用「重新出發」這四個字，可是一年將至，回頭一看，父系母系都有驚天動地的轉變。有人離開，有人出生。身心相對脆弱的時候，我將自己關進文學的世界，進行不同意義的隔離，看著《合境平安》漸漸成形。心想今年真的好不容易。十二歲我就通勤出門念書，十八歲離開台南，回鄉補充這段缺席十年的家族進度，現在它已徹底改變我對家鄉的認知。我很努力的去縫補這個巨大的時間差，熬過來了，同時校準自己的聲腔語調。我覺得我越來越好，就像是〈深山林內小便所〉寫的那個尿遁男孩，對著天地應答：「好了。」所以未來計畫是什麼？就是明天，我要回台北了。

國家圖書館出版品預行編目資料

合境平安 / 楊富閔著. -- 初版. -- 臺北市：皇冠文化出版有限公司, 2022.01
面； 公分. -- (皇冠叢書；第4998種)(楊富閔作品集；1)
ISBN 978-957-33-3836-9(平裝)

863.55 110020356

皇冠叢書第4998種
楊富閔作品集01

合境平安

作　　者—楊富閔
發 行 人—平雲
出版發行—皇冠文化出版有限公司
台北市敦化北路120巷50號
電話◎02-2716-8888
郵撥帳號◎15261516號
皇冠出版社(香港)有限公司
香港銅鑼灣道180號百樂商業中心
19字樓1903室
電話◎2529-1778　傳真◎2527-0904
總 編 輯—許婷婷
責任編輯—陳怡蓁
封面設計—張巖
內文設計—李偉涵
插　　畫—陳沛珛
著作完成日期—2021年8月
初版一刷日期—2022年1月

法律顧問—王惠光律師

讀者服務傳真專線◎02-27150507
電腦編號◎582001
ISBN◎978-957-33-3836-9
Printed in Taiwan
本書定價◎新台幣380元　港幣127元

本書榮獲文化部補助出版。